Karl Wartenburg

Ein kleines Kind

Weihnachtsnovelle

Karl Wartenburg

Ein kleines Kind
Weihnachtsnovelle

ISBN/EAN: 9783743392403

Hergestellt in Europa, USA, Kanada, Australien, Japan

Cover: Foto ©Andreas Hilbeck / pixelio.de

Weitere Bücher finden Sie auf **www.hansebooks.com**

Ein
kleines Kind.

Weihnachts-Novelle

von

Carl Wartenburg.

Der Dienst der Freiheit ist ein schwerer Dienst,
Er bringt nicht Gold, er bringt nicht Fürstengunst,
Er bringt Verbannung, Kerker, Schmach und Tod —
Und doch ist dieser Dienst der höchste Dienst,
Dem sich die Edelsten des Volkes weihen!

L. Uhland.

Wien, 1864.
Verlag von Carl Schonewerk.

Meinem einzigen, geliebten Kinde

Helene

geb. 17. August 1855, gest. 17. August 1861.

⸺⸺

1. Auf der Flucht.

Noch wenige Schritte und das deutsche Land lag hinter ihnen ... Die Flüchtlinge holten still stehend Athem, ihre Blicke noch einmal zurückwendend zur alten Heimath. Es waren drei Personen, ein Mann, ein junges Weib und ein kleines Kind, das im Arme des Vaters lag, mit sanft geröteten Wangen den süßen Schlaf der Kindheit schlummernd, nicht ahnend, daß es in diesem Augenblicke das Vaterland verlor. Eine Thräne flimmerte in den Augen des jungen Mannes. „Lebe wohl, mein Heimathland ... mein liebes, theures deutsches Land ... Ich verlasse dich, gejagt wie ein Thier des Waldes von der Meute, die nach meinem Blute dürstet. Lebe wohl und vergieb mir, daß ich dich

zu fehr geliebt . . . Gott fegne dich, mein deutfches
Land`: . .`" Schmerz und Wehmuth erftickten feine
Stimme, er verbarg fein Geficht in dem Lockenköpfchen
des Kindes und weinte bitterlich.

Die junge Frau an feiner Seite blickte düfter und
ftumm hinüber nach der deutfchen Grenze . . . Auch
in ihren großen dunklen Augen funkelte eine Thräne,
aber es war keine Zähre des Schmerzes und der Weh=
muth, wie bei ihrem Gatten . . .

Zorn, Stolz, Verachtung fprühten ihre Blicke,
und die Lippen des fein geformten Mundes waren feft
aneinander geklemmt, als fürchte fie, daß ihr wider
ihren Willen ein Laut der Klage entfchlüpfen könne . . .

So ftanden fie eine lange Weile, ftumm und
faft regungslos, ein Jedes die Beute ftürmifch fluthen=
der Gefühle . . .

Endlich richtete der Mann fein Haupt empor,
ftrich das blonde Haar, das ihm wirr um die Stirne
fiel, mit einer lebhaften Geberde zurück und ftreckte
feiner Gattin die mit einem Verbande umhüllte Rechte
entgegen: „Laß uns weiter wandern, Fanny", fprach

er mit gefaßter Stimme, „hinein in die unbekannte Fremde, in die weite Welt, in die ich aus dem alten Vaterlande Nichts weiter mit hinüber nehme, als die Freiheit und das Bewußtsein, für unsere Ueberzeugung gestritten und gelitten zu haben." Sie antwortete ihm mit einem seltsamen Blicke und wendete sich zum Weiter= gehen, ohne die dargereichte Rechte ihres Gatten zu ergreifen . . .

Da raschelte es in den Büschen, welche an dem Ufer des Baches standen, der hier die Grenze zwischen dem deutschen und dem französischen Lande bildet. Gewehrläufe und Helme blinkten in den Strahlen der untergehenden Augustsonne und eine Gendarmerie= patrouille streckte den Flüchtlingen mit dem Zuruf: „Halt! . . . Wer da?" ihre Bajonnete entgegen.

Die Flüchtlinge standen still, doch schon im näch= sten Augenblicke hatte sich der junge Mann gefaßt und entschlossen antwortete er: „Laßt mich ruhig meines Weges ziehen . . . Was kümmert's Euch, wer ich bin, wer giebt Euch das Recht, hier auf diesem Grund und Boden mich anzuhalten?"

1*

„Wer uns das Recht giebt, Mann", antwortete
der Patrouillenführer, indem er auf den Flüchtling zu=
trat und mit der Säbelscheide auf den Boden stieß,
„hier Das gibt uns das Recht, und das Signalement,
welches ich hier in meiner Brieftasche trage, worin ein
gewisser Walther Dennhardt, seines Zeichens ein Bild=
hauer, der an dem Aufruhr in der Pfalz und Baden
thätigen Antheil genommen, verfolgt wird."

„Und wenn ich Der wäre, den Ihr sucht", rief
der Flüchtling mit drohender Geberde, indem er das
schlafende Kind in die Arme der jungen Frau legte,
welche mit einer gewissen düsteren Ruhe dem Vorgange
folgte, „so habt Ihr kein Recht, mich hier auf franzö=
sischem Gebiete . . . anzuhalten. Darum gebt mir freie
Bahn oder ich schaffe sie mir . . ." Und er zog mit der
Linken unter der Blouse eine doppelläufige Pistole her=
vor, die er dem Patrouillenanführer entgegen streckte.

„Wie! Ihr wagt es Euch zur Wehre zu stellen",
schrie der Gendarmerie=Officier, indem er den Säbel
zog, „vorwärts, Leute, faßt ihn."

Ohne Zweifel wäre jetzt eine Scene der Bruta=
lität, der Kampf einer vielfach überlegenen Gewalt mit
einem Einzelnen erfolgt, wenn nicht in demselben
Augenblicke die Gendarmen durch den lauten und
energischen Zuruf: „Halto!" der von dem Saume des
Birkenwäldchens her erscholl, welches sich links an dem
Bache hinzog, stutzig gemacht worden wären.

Sowohl Verfolger als Verfolgte wendeten gleich=
zeitig ihre Blicke nach der Richtung, von woher der
Ruf gekommen, und sahen drei junge Männer in ele=
ganter Kleidung, die Jagdflinte über den Rücken ge=
worfen, herankommen.

„Was giebt es da, was geht hier vor?" frug der
Vorderste von ihnen, der einen schönen großen englischen
Wasserhund an einer langen seidenen Schnur hielt, in
französischer Sprache — und dabei glitt sein großes
dunkles Auge über die Gruppe, bis er auf der jungen
Frau haften blieb.

„Wir sind eben im Begriff einen Verbrecher zu
verhaften, einen Aufrührer und Rebellenführer, und Sie
werden uns einen Gefallen thun, wenn Sie uns bei

diesem Geschäft nicht weiter stören", antwortete in schlechtem, aber doch verständlichem Französisch der Gendarmerie-Officier, indem er die Hand nach dem Flüchtlinge ausstreckte, der beim Herzutreten der drei jungen Männer seine Waffe gesenkt hatte.

„Gemach, mein Herr", unterbrach ihn der junge Mann, indem er zwischen den Patrouillenführer und den Verfolgten trat, „und wer giebt Ihnen das Recht dazu?"

Erbitterte es den Officier, aus dem Munde des Fremden denselben Einwurf zu hören, den ihm der Flüchtling entgegen gehalten, oder dürstete er zu sehr nach Auszeichnung und Beförderung, die ihm gewiß war, wenn er den Flüchtling einfing, genug, er vergaß alle Rücksichten der Klugheit, und ungeduldig über die Hindernisse, welche sich der Gefangennahme des proscri-birten Freischaarenführers entgegensetzten, rief er brüsk:

„Ich weiß nicht, wer Sie zu dieser Frage berech-tigt . . . gehen Sie Ihre Wege und mischen Sie sich nicht in die Angelegenheiten Anderer . . . Und nun vorwärts, Ihr Leute, nehmt den Mann und das Weib mit dem Kinde in die Mitte."

Eine dunkle Röthe hatte schon bei den ersten Worten des Officiers die Stirne des jungen Mannes gefärbt, doch bezwang er sich so weit, daß er den Andern vollenden ließ.

Wie aber die Polizeisoldaten Miene machten den Befehl ihres Vorgesetzten auszuführen, hob er drohend seine Flinte und rief mit gebieterischer Stimme, während er zugleich mit Anstrengung den Hund, welcher sich vom Instinct getrieben auf den Gendarmerie=Officier stürzen wollte, zurückhielt:

„Wie? Unverschämter, antwortet man so auf eine höfliche Frage . . . Und habt Ihr", und er trat einen Schritt gegen den Officier vor und blickte ihn durch= dringend an, „habt Ihr vergessen, daß Ihr Euch einer Grenzverletzung schuldig gemacht habt und auf dem Boden der französischen Republik steht? Habt Ihr nicht jenen Grenzpfahl gesehen?" Und er deutete auf einen blau=weiß=rothen Grenzbaum, an welchem eine Tafel befestigt war, auf welcher die Worte standen: „République française."

„Ich könnte Euch", fuhr er ruhiger fort, als er bemerkte, wie die Gendarmen nebst ihrem Führer verlegen wurden, „ich könnte Euch festnehmen lassen und nach Straßburg abliefern, wo man Euch den Proceß machen würde wegen Verletzung der Republik mit gewaffneter Hand, aber ich will Nachsicht üben ... Doch jetzt macht schnell, daß Ihr fortkommt, oder ich schicke Euch den Gendarmerie-Capitain Molet über den Hals, der in dem Schlosse dort", und er deutete auf ein hinter dem Birkenwäldchen liegendes kleines Gebäude „einquartirt ist."

Murrend und knurrend, wie eine Meute, die der Befehl des Herrn von einem Stück Wild zurückruft, welches sie eben zerreißen will, trat die Streifpatrouille den Rückzug auf das deutsche Gebiet an und war bald in dem Gebüsche jenseits des Baches verschwunden.

Der Flüchtling streckte dem jungen Manne tief bewegt die Hand entgegen.

„Nehmen Sie den Dank eines Mannes hin, der nie vergessen wird, daß Sie dem heimathlosen Flücht=

ling die Freiheit retteten, für die er im Vaterlande mit
den Waffen gekämpft."

Der Andere entgegnete, die dargebotene Hand
conventionell ergreifend und mit einer Gemessenheit
des Tones, die fast überraschend abstach gegen die eben
in der Vertheidigung des Verfolgten gezeigte Wärme:

„Es ist gut, mein Herr, Sie sind mir keinen
Dank schuldig ... Wenn ich zwischen Sie und Ihre
Verfolger trat, so geschah es nicht aus Sympathie für
die Grundsätze, welche Sie hegen, denn ich hasse die
Revolution und jene demokratischen Freiheitsideen,
welche jetzt die Köpfe der Menge verwirren, sondern es
geschah, weil ich sah, daß Sie Gatte und Vater sind."

Und wieder traf ein leuchtender Blick seines Auges
die junge Frau, welche unwillkürlich erröthend zur Erde
niedersah.

Ein leichter Schatten verdüsterte auf einen Mo=
ment des Flüchtlings Stirne, als sein Befreier in so
ablehnender Weise auf den warmen Ausbruch seines
dankerfüllten Herzens antwortete, allein er unterdrückte
dieses Gefühl rasch und sprach:

„Gleichviel . . . wenn Sie auch kein Anhänger
der Grundsätze sind, für welche ich gefochten und ge=
blutet habe . . . Walther Dennhardt wird doch nie
aufhören sich Ihrer dankbar zu erinnern, und wenn
Sie einst einen Mann suchen, der Ihnen einen großen
Dienst leisten soll, so mögen Sie meiner eingedenk
sein . . . Und nun leben Sie wohl, mein Herr . . .
die Sonne sinkt und es ist noch eine tüchtige Strecke
Wegs zur nächsten Eisenbahnstation. Gieb mir das
Kind, Fanny."

Die junge Frau reichte ihrem Gatten das Kind,
welches noch immer schlummerte, und grüßte mit stum=
mer Verbeugung den jungen Mann und seine beiden
Freunde, die stille Zuschauer der Scene geblieben waren.

Auch der Flüchtling grüßte noch einmal seinen
Helfer in der Noth mit einem Blick des Danks, dann
wendete er sich zur Linken, der Heerstraße zu, welche
nach der Hauptstadt des Elsasses führte, gefolgt von
Fanny, die gedankenvoll hinaus ins Weite sah.

Sie waren schon zehn Schritte gegangen, als sie
sich noch einmal von dem Andern angerufen hörten.

„Ein Wort noch, mein Herr," rief der junge Mann,
auf die Stillstehenden zugehend, „Sie wollen heute
noch nach Straßburg . . . ich glaube kaum, daß es
Ihnen möglich sein wird die Stadt heute vor später
Nacht zu erreichen . . . Es ist jetzt fünf Uhr . . . in
wenigen Stunden bricht schon die Nacht an und Sie
haben noch zwei Meilen bis dorthin . . . Für eine
zarte Frau und für ein Kind von so jungem Alter
dürfte eine Nachtreise doch bedenklich sein."

Dennhardt warf einen fragenden Blick auf seine
Gattin.

„O, was mich betrifft," entgegnete die junge
Frau mit Stolz und Energie, „so brauchst Du keine
Rücksicht darauf zu nehmen . . . ich hasse jenes Land,"
und sie deutete nach der deutschen Grenze; „ich habe es
nie geliebt . . . und jeder Schritt, der mich weiter davon entfernt, dünkt mir Gewinn zu sein."

Es waren die ersten Worte der jungen Frau,
und das reine Französisch, in welchem sie gesprochen
wurden, überraschte den Andern ebenso wie der ener-

gische Ausdruck des Hasses gegen Deutschland, der sich
in ihnen aussprach.

„Sie sind eine Landsmännin von mir?" frug der
junge Franzose mit lebhaftem Tone.

„Meine Frau ist Brüsselerin," fiel der Flücht=
ling ein, indem sich eine Wolke auf seiner Stirn zeigte,
„für die aber Deutschland die zweite Heimath wurde,
die sie nie aufhören sollte zu lieben ... die sie nie
schmähen sollte, selbst nicht in Momenten, wo die Seele
erfüllt ist von Bitterkeit und dem Bewußtsein erlittenen
Unrechts."

Die Frau schwieg auf diese mehr schmerzliche, als
in vorwurfsvollem Tone gesprochene Bemerkung ihres
Gatten, und der junge Mann fuhr rasch fort: „Ich
wollte Ihnen nur einen Vorschlag machen, der Ihnen
unter diesen Umständen vielleicht annehmbar erscheinen
dürfte. Ich bin der Besitzer dieser Fluren und jenes
Schlosses, welches Sie dort hinter dem Birkenwäldchen
sehen ... Wenn Sie sich hier von den Anstrengungen
Ihrer Flucht erholen wollen, so steht es zu Ihrer Ver=
fügung ... Doch," fügte er rasch hinzu, als er eine

gewisse Unentschiedenheit in den Zügen des Flüchtlings zu erblicken glaubte, „doch zuvor ist es nöthig, daß wir näher mit einander bekannt werden ... Kennen wir doch nicht einmal unsere Namen. Ich bin der Vicomte Edmund von Grandlieu."

„Mein Name ist Walther Dennhardt, Bildhauer meinem Berufe nach."

„Wie? Sie sind Bildhauer ... o, Das trifft sich ja herrlich," fiel der junge Baron von Grandlieu ein, „ich habe eine wundervolle Antike in meinem Parke, eine Statue der Juno, an der leider ein Theil des rechten Armes fehlt ... Sie könnten, Herr Dennhardt, in voller Muße diesen Mangel ergänzen und mich dadurch zum lebhaftesten Dank verbinden."

Mit einem schmerzlichen Lächeln zeigte der Bildhauer auf seine verwundete und mit Bandagen umhüllte Rechte. „Es thut mir in der That wehe, Herr Vicomte, daß ich Ihnen meine Dankbarkeit so schlecht beweisen kann. Ich werde wohl nicht so bald wieder den Meißel und den Hammer führen können. Der Bajonnetstich, der mir die Hand durchstach, hat viel-

leicht meiner Künstlerlaufbahn für immer ein Ende
gemacht. Und nun nochmals herzlichen Dank für Ihr
gastfreundliches Anerbieten, wenn wir dasselbe auch nicht
annehmen können."

„Wie, Sie wollen?" erwiderte der Baron von
Grandlieu, indem er ein Gefühl der Verstimmung, wel=
ches ihn bei der abschläglichen Antwort des Bildhauers
überkommen, unterdrückte. „Und wenn Sie vielleicht
das Schicksal nach Paris führen sollte, so vergessen
Sie dann nicht das Hôtel Grandlieu in der Rue de la
Paix."

Er grüßte, ließ noch einen lebhaften Blick auf die
junge Frau fallen und ging dann zurück zu seinen
Freunden, während die Flüchtlinge ihren Weg nach
Straßburg fortsetzten, stumm und ernst, ein Jedes mit
seinen Gedanken an die Vergangenheit und die un=
gewisse Zukunft beschäftigt, ein Jedes fühlend, daß
zwischen ihnen Etwas lag, worüber es zur Erklärung
kommen mußte.

2. Mann und Weib.

———

Die Vorhersagung des Barons von Grandlieu war in Erfüllung gegangen. Das Geschick hatte Walther Dennhardt nebst Frau und Kind nach Paris geführt ... An einem heitern Septembermorgen war er in der französischen Hauptstadt, die ihm schon von einem frühern Aufenthalte her nicht ganz unbekannt war, angelangt und hatte sich mit seiner kleinen Familie in einer der Vorstädte, in der Nähe von Belleville, eingemiethet.

Es war an einem Nachmittag, vielleicht eine Woche nach der Ankunft in Paris, als Dennhardt mit seinem Kinde am Fenster saß und gedankenvoll hinüberschaute in den Park des Nachbarhauses, in welchem der Herbstwind schon gelbe Blätter über die noch grünen Rasenplätze trieb.

Seine Frau war mit einer Dienerin ausgegangen, um einige Einkäufe für die häusliche Einrichtung zu besorgen. Dennhardt hatte eine Weile mit dem Kinde gescherzt und gespielt, bis es müde geworden das Köpfchen an seine Brust gelehnt hatte und eingeschlummert war.

Leise und vorsichtig, um die schlafende Kleine nicht zu erwecken, erhob er sich und legte sie behutsam in das kleine braunlackirte Schaukelbett, welches unweit des Fensters stand. Dann rückte er sich seinen Sessel an die Wiege und versank von Neuem in tief-ernstes Sinnen und gedankenschweres Brüten . . . Die letzten drei Jahre, zugleich die bedeutungsvollsten seines Lebens, zogen an ihm vorüber. Gerade vor drei Jahren hatte er Paris, wo er in dem Atelier eines der berühmtesten Meister gearbeitet, verlassen, um einen Auftrag auszuführen, welchen er von der belgischen Regierung erhalten hatte. Er ging nach Brüssel, und hier war es wo er Fanny kennen lernte. Sie gehörte einer reichen adeligen Familie an, die sich lange gegen die Verbindung mit dem deutschen Künstler, der zwar einen

ehrenvollen Namen in seiner Kunst, aber doch nur einen
bürgerlichen trug, sträubte.

Aber Fanny war eine energische Natur; gerade der
Widerstand, den sie fand, reizte sie, und eines Tages
war sie mit Dennhardt aus Brüssel entflohen, um sich
in einer Grenzstadt an der belgisch-holländischen Grenze
mit dem Geliebten trauen zu lassen. Der Familie
blieb darauf weiter Nichts übrig, als zu der vollendeten
Thatsache ihre Zustimmung zu geben. Im Grunde
der Herzen blieb aber der Zwiespalt unausgeglichen,
und Dennhardt, Dies fühlend, verließ Brüssel, sobald
er die übernommene Arbeit vollendet hatte.

Er kam nach Deutschland zurück in einer Zeit,
deren mächtiger Zug auch kältere und weniger für alles
Große und Schöne im Menschen- und Völkerleben
begeisterte Naturen in unwiderstehlicher Gewalt mit
sich fortriß, im Anfange des Jahres 1847.

Welches Ringen, welches Streben, welches Kämpfen in der Welt der Geister, auf allen Gebieten des
Lebens, der Politik, der Kunst, der Literatur, der Gesellschaft. Die alte Weltordnung war im Begriff

vollends unterzugehen, auch jene letzten Trümmer noch,
welche die Revolution von 1789 übrig gelassen und
die von der Restauration von 1815 mit aller Macht
und Anstrengung aufrecht erhalten worden waren.
In Frankreich klopfte die Revolution schon an die
Thore eines Königspalastes, dessen Bewohner vielleicht
hauptsächlich deßhalb seine Krone verlor, weil er über
den schön aufgeputzten Reden und Declamationen einer
corrumpirten, mit Orden, Titeln und Aemtern erkauf=
ten Kammermehrheit den Nothschrei und den Weheruf
des Volkes in den Straßen überhörte.

In der Schweiz stand sich das Jesuitenthum von
Luzern und das freie Bürgerthum der Eidgenossenschaft
mit gewaffneter Hand gegenüber, schon witterte man in
der Luft der Schweizerberge Etwas von einem Pul=
verdampfe, der wenige Monate später über die Ebene
am Gislikon wogte und in dessen Wolken das jesuitische
Sonderbündlerthum ersticken sollte . . . Dazu die Be=
wegung der Geister in Deutschland selbst! Seit der
Thronbesteigung Friedrich Wilhelm's IV. von Preußen
war ein Ringen und Kämpfen entstanden auf den

Gebieten des öffentlichen Lebens, wie man es vorher in
Deutschland in dieser Weise nicht gekannt hatte. Große
und leidenschaftliche Hoffnungen hatten sich an den
Regierungsantritt dieses Königs geknüpft. Kaum ein
Jahr war verflossen, und man sah mit zweifelloser
Klarheit, daß man sich getäuscht hatte.

In der Presse, in den Kammern, in der Wissen=
schaft, auf dem Gebiete der Religion, überall liefen die
Vorkämpfer der neuen Ideen Sturm gegen die alten
Traditionen. Die Reden Itzstein's, Welcker's, Hecker's,
Bassermann's, in der badischen zweiten Kammer fan=
den einen Wiederhall in ganz Deutschland und weckten
gleiche Stimmen im Ständesaal zu Dresden, während
die Presse mit ihrer ganzen Macht die Kammerredner
unterstützte. Alles rief nach Freiheit; und so unklar für
Tausende auch dieser Begriff war, so wunderlich die Vor=
stellungen, welche sich Viele von der Freiheit machten;
das Wort hatte einen Zauberklang, der die Herzen mit
gewaltiger Kraft ergriff und mit sich fortzog . . . Die
„Vaterlandsblätter" Robert Blum's, Gustav Struve's
„Deutscher Zuschauer," Keil's „Leuchtthurm" wurden

2*

heißhungrig verschlungen und jedes Blatt warf neue
Funken in die schon entzündeten Gemüther. Dazu der
Kampf auf dem Gebiete der katholischen Kirche, welchen
Johannes Ronge durch seinen berühmten Fehdebrief
aus Laurahütte an den Bischof Arnoldi von Trier zum
Ausbruch gebracht hatte, die Aufregung der Geister
wegen Lösung der socialen Frage, die immer drohender
heranrückte und ihre Tirailleurs in ganzen Schwärmen
socialistischer Schriftsteller vorausschickte, der ängstliche
zögernde, halbe Widerstand der Staatsgewalten, welche
den Boden unter ihren Füßen wanken fühlten, — alle
diese Momente mußten eine so empfängliche Natur,
wie Walther Dennhardt, mit unwiderstehlicher Gewalt
ergreifen.

Und Fanny? Sie war oder schien wenigstens ebenso
leidenschaftlich für die Ideen der Freiheit und Gleichheit
begeistert zu sein wie ihr Gatte, und als die gewaltige Ka=
tastrophe der Februarrevolution ausbrach, Deutschland
von ihrer Macht ergriffen wurde, in Wien und Berlin
die Barrikaden sich erhoben, da bedurfte es der ganzen
Ueberredungsgabe Dennhardt's, um die junge Frau

abzuhalten gleich ihm auf den Barrikaden gegen die Soldaten zu fechten . . . Es liegt nicht in unserer Absicht, in dieser Erzählung alle die verschiedenen Phasen der so denkwürdigen Bewegung von 1848 und 1849 zu schildern, wir wollen nur so viel erwähnen, daß Walther Dennhardt und seine junge Frau sich den entschiedensten Vorkämpfern der demokratischen Partei anschlossen, und im Frühjahr 1849 finden wir sie in Baden, wo die letzten Kämpfe der Bewegung ausgefochten wurden. Hier entdeckte Dennhardt, dem seine Gattin im Sommer 1848 eine Tochter geboren hatte, zum ersten Mal einen Zwiespalt zwischen seinen und Fanny's Ansichten.

Die provisorische Regierung bot ihm die Stellung eines politischen Commissärs an. Er sollte mit ausgedehnten Vollmachten nach dem Schwarzwald geschickt werden, um dort die Bewegung zu organisiren. Es war dies eine Stellung ganz selbständiger Natur und von bedeutendem Einfluß.

Dennhardt schlug sie jedoch aus und zog es vor, als Freischaarenführer in die Reihen der Kämpfer zu treten.

Fanny machte ihm hierüber Vorwürfe: „Warum hast Du dieses Amt nicht angenommen?" sprach sie „und verurtheilst Dich selbst zu einer so niedrigen Stellung? Als ob es nicht Tausende genug gäbe, die gut zum Dreinschlagen sind. O, Ihr idealen deutschen Schwärmer, Ihr werdet niemals eine wirkliche Revolution zu Stande bringen; denn es fehlen Euch die energischen revolutionären Naturen. Ueberall diese ängstliche Bescheidenheit und Blödigkeit, die jungen Mädchen gut steht, aber wahrlich Männern nicht geziemt, welche eine Staatsumwälzung vollführen wollen."

„Ich kämpfe nicht aus selbstsüchtigen, persönlichen Motiven, sondern für meine Ueberzeugung, für Deutschlands Einheit und Freiheit; ich schlug diesen Antrag aus, weil ich fühlte, daß ich dieser Aufgabe nicht gewachsen war. Als Kämpfer aber kann ich meine Pflicht erfüllen."

Fanny lächelte spöttisch: „War es nicht ein deutscher Dichter, Euer Göthe, welcher das Wort vom Dienen und Herrschen sprach? Wohl, wenn die Freiheit und Einheit Deutschlands erkämpft ist, wird es

noch immer Solche geben, die befehlen, und Solche,
welche gehorchen müssen. Hast Du so große Lust zu den
Letztern zu schwören?"

„Weder zu den Einen, noch zu den Andern . . .
ich will Nichts weiter als ein freier Bürger im freien
Vaterlande sein. Doch lassen wir Das", sprach er
abbrechend, „diese Erörterung ist überflüssig . . . und
schmerzlich dabei ist mir nur das Eine, daß Du, Fanny,
so wenig meine Grundsätze und Ueberzeugung kennst."

Fanny schwieg. Doch als der Gang der Begeben-
heiten immer verhängnißvoller wurde, der Sieg der
Sache, für welche Dennhardt die Waffen in feuriger
Begeisterung ergriffen, immer zweifelhafter, da mußte
er manche bittere Bemerkung seines Weibes hinnehmen,
und obwohl widerstrebend mußte er sich doch gestehen,
daß Fanny nicht aus Enthusiasmus, aus innerer Ueberzeugung seine politischen Bestrebungen gebilligt und an
ihnen Theil genommen hatte, sondern aus ganz andern
Beweggründen. Zur vollen Gewißheit darüber ge-
langte er nach jenem Auftritt an den Ufern des Rheins,
wo er nur durch das Dazwischentreten des französi-

schen Barons vom Kerker errettet wurde. Dennhardt hatte Fanny Vorwürfe über ihr gehässiges Wort gegen Deutschland, das sie dem Baron von Grandlieu gegenüber ausgesprochen, gemacht.

Da war ihrem Herzen in leidenschaftlicher Rede all die Bitterkeit entquollen, die sich lange in ihr angehäuft hatte.

„Du willst mir Vorwürfe machen", hatte sie ihm erwiedert, „daß ich mit Worten des Hasses und des Abscheues von Deinem Deutschland gesprochen habe. Kann ich aber andere Empfindungen gegen Dein Vaterland haben? Ist es nicht das Grab aller meiner Hoffnungen und Träume geworden, hat es mir etwas Anderes als Täuschungen geboten?"

Und als Dennhardt sie mit einem großen fragenden Blicke angesehen, hatte sie unter dem Eindrucke einer sich immer höher steigernden Erregung weiter gesprochen:

„Du weißt es, Walther, als ich Dein Weib wurde, da lieb' ich Dich stark und innig. Aber ebenso liebte ich auch Deinen Künstlerruhm, den Namen, den Du Dir durch Deine Werke errungen hattest. Oder glaubst Du, daß ich, die Tochter eines edlen Geschlechts, Dir mein Herz und meine Hand gegeben hätte, wenn Du ein unbekannter und unbedeutender Mensch, ein Mann ohne Namen und ohne Zukunft gewesen wärest?

„Wie!" unterbrach sie bei diesen Worten ihr Mann mit schmerzlichem Ausdruck in Rede und Geberde, „so war es nicht der Mann, den Du in mir liebtest, sondern der Künstler, nicht Walther, sondern der Bildhauer Dennhardt?!"

„Ich kann den Einen nicht von dem Andern trennen. Ich sah in Dir den gefeierten Künstler und den Mann von Geist und Kraft, der ringend und strebend seine Hand nach dem Höchsten auszustrecken wagt, das uns vom Leben dargeboten wird. Und nun . . ."

„Bin ich ein heimathloser Flüchtling", fiel Dennhardt mit schmerzlicher Bitterkeit ihr ins Wort, „der das bittere Brod der Verbannung essen muß und Du mit ihm . . . O Fanny, dieses Wehe den Besiegten! aus Deinem Munde zu hören, Das brennt mich mehr als es jemals diese Wunde hier gethan."

Aus Fanny's Augen brach ein Blick verletzten
Stolzes hervor.

„Du kennst mich wahrlich schlecht", antwortete sie
leidenschaftlich, wenn Du glaubst, daß es die Furcht
vor der ungewissen Zukunft unseres Schicksals ist, was
mich beunruhigt und aufreizt . . . Oder, daß ich deß=
halb in Vorwürfe und Klagen ausbreche, weil die
Sache, für welche Du gefochten, unterlegen ist . . .
Nein, nicht Das ist es, sondern weil ich sehe, daß Du
nicht zu jenen kühnen und energischen Naturen gehörst,
welche zu den Höhen des Lebens emporstreben."

„Sprich nicht weiter . . ." unterbrach sie Wal=
ther mit einer Geberde und einem Ausdruck in Blick
und Ton, vor welchem sie die Augen zur Erde senken
mußte, „ich weiß genug, Du brauchst Nichts mehr hin=
zuzusetzen . . . Also nicht die gleiche Ueberzeugung, wie
ich sie habe, die Ueberzeugung, für eine große, gerechte
und edle Sache zu kämpfen, war es, welche Dich be=
seelte, nicht die Uebereinstimmung mit den Grundsätzen
Deines Gatten, die Liebe zur Freiheit sprach aus Dir,

sondern die Leidenschaft zu herrschen und zu glänzen, jener ungezügelte Ehrgeiz, für den die Ideen nur die Mittel zur Erreichung selbstsüchtiger Zwecke sind. Mein Ruf und Ruhm als Künstler, den ich mir in strenger Arbeit meines Berufs erworben, er genügte Dir nicht mehr, Dein nach äußerer Ehre und glänzender Lebensstellung dürstendes Herz begehrte mehr . . . Suche weder mich noch Dich selbst zu täuschen, Fanny, Du bist nicht die Einzige Deines Geschlechtes, die so empfindet . . . Ich habe in dieser sturmbewegten Zeit, wo alle Kräfte und Elemente der Menschen= und Volks= natur entfesselt wurden, gar manche Frau gefunden, welche von gleichen Gefühlen bewegt wurde; aber nie hätte ich geglaubt, daß Du auch zu ihnen gehörtest. Es muß wohl wahr sein", setzte er mit einem bittern Lächeln hinzu, während der Ton seiner Stimme zu einem dumpfen Murmeln herabsank, „es muß wohl wahr sein das alte Wort, daß die Liebe Diejenigen blendet, welche ihr unterthan sind."

So endete jenes Gespräch auf der Flucht.

Konnte bei so einander widerstrebenden Ansichten ein inniges Verhältniß zwischen den beiden Gatten fortbestehen?

Ein Jedes von ihnen fühlte nur zu deutlich, daß Dies nicht möglich sei.

Wenn Walther und Fanny gewöhnlichere Naturen gewesen wären, so hätte vielleicht mit der Zeit eine Ausgleichung stattgefunden.

Allein er wie sie waren zu bestimmt ausgeprägte Charaktere; der ideale Zug Walther's, der ihn zum Märtyrer für die Freiheit gemacht, die uneigennützige Hingabe an eine große und heilige Sache stand in schroffem und unvermitteltem Gegensatz zu Fanny's Wesen. Ihr Gatte hatte nicht Unrecht gehabt, als er sie vor Selbsttäuschung warnte, die junge Frau war sich in der That über den Ursprung ihrer Empfindungen und Meinungen nicht klar.

Fanny war Nichts weniger als ein Mannweib oder eine Emancipirte, wie es deren während der Bewegungsjahre eine ziemliche Anzahl unter den Frauen gab. Nicht die Begeisterung für die großen Ideen der

Demokratie hatte sie beseelt, sondern ganz andere Mo=
tive hatten sie zur Anhängerin der Bewegung gemacht.

Dennhardt lebte, wie wir schon erzählt, vor dem
Ausbruche der Märzrevolution in einer deutschen Re=
sidenzstadt.

Sein Beruf brachte ihn in häufige Berührung
mit der sogenannten vornehmen Gesellschaft. Frauen
und Männer aus diesen Kreisen besuchten sein Atelier,
fast täglich hielten die Wagen der Prinzen und Prin=
zessinnen des königlichen Hofs vor seinem Hause.

Allein man kennt ja die chinesische Abgeschlossen=
heit der vornehmen Kasten in unserm Deutschland;
trotzdem, daß Dennhardt's Werkstatt nicht leer wurde
von vornehmen Besuchen, blieben ihm und seiner Frau
doch die geselligen Kreise dieser Besucher verschlossen.
Ja, wenn er wenigstens Baron, Ritter eines hohen
Ordens oder Hofrath vierter Classe gewesen wäre!

Allein ihm fehlte jedes dieser Verdienste, er war
und wollte nicht mehr sein als der Bildhauer Walther
Dennhardt. Es half ihm Nichts, daß sein Name in
der Kunst ein hoch geachteter, sogar berühmter war,

all sein Künstlerruhm öffnete ihm nicht die Thüren zu
jenen aristokratischen Salons, in welchen Abends die
Herren und Damen über die Statuen und Gruppen
plauderten, die sie des Morgens in seinem Hause be=
wundert hatten. Ihm persönlich war Dies nun freilich
sehr gleichgültig. Dennhardt würde selbst diese geselligen
Cirkel gemieden haben, wenn man ihn mit Einladungen
überhäuft hätte.

Er war ein principieller Gegner der Anschauun=
gen, die unter diesen Leuten gäng und gäbe waren, er
war mit Leib und Seele viel zu sehr Demokrat, als
daß er sich in dem Umgange mit diesen Aristokraten
hätte wohl fühlen können. Hätte er ihnen doch sogar
gern seine Werkstatt geschlossen, wenn Dies möglich
gewesen wäre. Außer in einem kleinen Kreise gleich=
gesinnter Freunde, welche theils Künstler, theils Ge=
lehrte, Schriftsteller, Aerzte, Advokaten waren, bewegte
sich Dennhardt häufig in jenen Volkskreisen, wo der
Mangel an positiver Bildung und Formengewandt=
heit durch die Naivetät der Empfindung und durch die

selbstlose Hingebung an oft selbst mißverstandene Ideen aufgewogen wird. Anders war es bei Fanny.

Sie, die Tochter eines adeligen vornehmen belgischen Geschlechts, welche dem jungen deutschen Künstler vielleicht eben so sehr aus Liebe als aus Trotz gegen ihre widerstrebende Familie ihre Hand gegeben, sie mit ihrem stolzen Sinn, der gewöhnt war an Glanz und Huldigungen, sie, die schöne junge Frau, nicht ganz frei von jener Koketterie, welche unbekümmert um die Wunden, die sie schlägt, so gern stolze Triumphe feiert, sie fühlte sich durch jene schroffe Abgeschlossenheit der vornehmen Kaste verletzt, gekränkt.

War der Adel ihrer Familie nicht ebenso alt als der dieser hochmüthigen deutschen Baroninnen und Gräfinnen, war sie nicht ebenso schön, vielleicht noch schöner und jedenfalls viel geistreicher als eine Menge dieser vornehmen Damen, welche das Vorrecht genossen, bei den Festen des königlichen Hofes erscheinen zu dürfen, die den gesellschaftlichen Ton angaben und deren Namen stets genannt wurden, wenn von den Bevorzugten der Gesellschaft gesprochen wurde?

Es wäre ein Wunder gewesen, wenn sich Fanny's stolze Natur nicht aufs tiefste dadurch hätte verletzt fühlen sollen. Ihr Haß gegen jene vornehme Kaste steigerte sich täglich, mit fieberhafter Hast las sie die Werke der französischen und deutschen Socialisten und verfocht in den Kreisen der Freunde ihres Mannes die Grundsätze der socialen Gleichheit mit einer Leidenschaftlichkeit, wie man sie nur bei heißblütigen Frauennaturen findet.

So geschah es, daß Fanny ihrem Gatten als begeisterte Anhängerin der Grundsätze, für welche er selbst das Leben einzusetzen bereit war, erscheinen mußte.

Erst als die Katastrophe eintrat, welche ihn zum heimathlosen Flüchtling werden ließ, kannte er die tiefe Kluft, welche zwischen seinen und seiner Gattin Ideen lag.

. . . .

Dies Alles bei sich im Geiste erwägend, saß Dennhardt an dem Herbstnachmittag an der Wiege seines Kindes in jenem Hause der Vorstadt von Belleville.

3. Ein kleines Kind.

Der Winter lag auf der Stadt Paris, ein echter nordischer Winter mit Schneegestöber und schneidender Kälte. Weihnachten, das heilige Fest, an welchem die Engel des Himmels wie die Engel der Erde die kleinen Kinderherzen, aufjauchzen in seliger Freude, stand vor der Thür.

Noch wenige Stunden und herab senkte sich auf die dunklen Fluren die geweihte Nacht, die einst mit den erhabenen Worten der Verheißung: „Ehre sei Gott in der Höhe und Friede auf Erden!" den armen Hirten verkündigt wurde.

Friede auf Erden! Hohe, schöne Botschaft der himmlischen Heerschaaren! Aber wo ihn suchen, um ihn zu finden diesen Frieden, von dem die Engel auf jenem

Felde Paläſtina's ſangen? In der Natur, wo oft ur=
plötzlich entfeſſelte Kräfte mit wilder dämoniſcher Ge=
walt losbrechen, Zerſtörung und jähe Vernichtung in
ihrem Gefolge? Bei den Thieren des Feldes oder des
Waldes, die vom Hunger geſtachelt in blutigem Kampfe
ſich zerfleiſchen? Oder bei den Menſchen? Vielleicht in
ihren Tempeln, wo ſie Gott dienen und derſelbe Prieſter,
der über Euch den Segen ſpricht, ſeinen Fluch auf Die
ſchleudert, welche andern Glaubens ſind? Oder in den
Schulen und Hörſälen, wo die Quellen der Weisheit
fließen und die Jünger der Wiſſenſchaft, die nach der=
ſelben einzigen und ewigen Wahrheit ſuchen, ſo oft ihre
beſte Kraft vergeuden in fruchtloſem Gezänke über leere
Formen? Oder in den Paläſten der Könige, wo feile
Schmeichler das Ohr der Mächtigen vergiften und
Zwietracht und Furcht ſäen zwiſchen Volk und Fürſt?
Und wenn Ihr wie jener Unſelige, der den Heiland mit
der Kreuzeslaſt fluchend von ſeiner Schwelle ſtieß,
Jahrhunderte lang über den Erdball wandertet, Ihr
würdet ihn nimmer an dieſen Stätten finden jenen
ſtillen ſanften Frieden, nach welchem unſer Herz ſich ſo

tief sehnt, wenn es gebrochen, aus tausend Wunden
blutend, die ihm der Kampf des Lebens geschlagen, im
wilden Schmerze zusammenzuckt. So sucht den Frieden
an der Brust eines Freundes, in den Armen eines lie=
benden Weibes!

Aber wenn Ihr nicht verblendet seid und Schaum=
gold mit edlem Metall verwechselt, dann müßt Ihr ge=
stehen, daß die echten Freunde wie die liebenden Frauen
so selten sind wie jene blaue Blume, deren Duft die
Zauberkraft hat, kranke Herzen zu heilen, die von tief=
ster Sehnsucht nach einem Glück gequält werden, wel=
ches auf Erden nie zu finden ist. So suchen wir ver=
gebens den Frieden auf Erden? „Suchet und Ihr
werdet finden!" Suchet ihn da, wo ihn jener Mann
gefunden hat, den wir als Verfolgten das deutsche Land
verlassen und nach der großen Stadt Paris fliehen
sehen, wo er seit vier Monaten mit Weib und Kind
weilt.

Es ist Abend geworden, heiliger Abend. Walther
Dennhardt sitzt in demselben Zimmer, in welchem wir
ihn an jenem Septembernachmittage brütend fanden,

3*

vor einem Tisch, um den Christbaum für sein Kind zu schmücken, für sein liebes kleines Kind.

Hinter dem Ofenschirm schlummert sie in ihrem Wiegenbett, die kleine Mimi, die vor zwei Monaten ihren ersten Geburtstag gefeiert hat.

Horch! jetzt regt und streckt es sich in dem Bettchen, ein leichter Aufschrei, und mit einem Sprunge ist der Vater an des Kindes Wiege.

„Ausgeschlafen, meine kleine Mimi?" lächelte er dem Kinde entgegen, während ein goldiger Freudenschimmer des ernsten Mannes Züge verklärt. Und das Kind streckt ihm mit dem süßen Rufe „Papa" lächelnd die kleinen runden Arme entgegen.

Er hebt es zu sich empor und bedeckt das kleine rosige Gesicht mit Küssen, während Mimi mit ihren Händchen ihm jauchzend den Bart zaust. Da erblickt die Kleine den grünen Tannenbaum mit den goldenen Nüssen und silbernen Aepfeln und dem bunten Zuckerwerk, und in die Hände klatschend stößt sie einen hellen Schrei aus.

Mit einem Blick unaussprechlicher Zärtlichkeit betrachtete Dennhardt die kleine Mimi, welche nach)

dem erſten Ausbruch ihres Jubels ſtill die Herrlich=
keiten des Chriſtbaums anſtaunte. Sie war ſein Alles,
die kleine Mimi, ſeine Freundin, ſeine Geliebte, ſeine
Welt, ſein Ideal. Es war ein herziges, liebes Kind,
ein kleiner holder Engel, wie ihn Raphael's Phantaſie
in ihrer glücklichſten Stunde nicht reizender träumen
konnte.

Die blonden weichen Locken, welche den kleinen
Kopf umwallten, die lieben braunen Augen, welche ſo
friſch in die Welt hineinblickten, das roſige Plapper=
mäulchen, hinter deſſen rothen Lippen ſchon der weiße
Schmelz der erſten Zähne hervorglänzte, das weiche
runde Kinn mit dem kleinen Grübchen, die helle Stirn
mit ihrem Schimmer reinſter Unſchuld, auch ein käl=
teres Herz, als es das Herz eines Vaters iſt, hätte die
Kleine lieben müſſen.

Da klingelte es draußen an der Thüre des Vor=
zimmers, leichte Schritte wurden hörbar. Die Kleine
hob das Köpfchen von der Schulter des Vaters und
fröhlich in die Händchen klatſchend rief ſie: „Mama...
Mama...“

Fanny trat ein.

„Mimi!" und Hut und Mantel abwerfend eilte sie auf die Kleine zu, welche ihr jauchzend entgegenzappelte.

Sie nahm das Kind aus Walther's Armen und zog es an ihre Brust, das kleine Köpfchen mit unzähligen Küssen bedeckend.

Wer in diesem Augenblicke Beobachter dieser Scene gewesen, Zeuge von den Ausbrüchen der leidenschaftlichen Zärtlichkeit gegen das kleine reizende Wesen, der würde sicher geglaubt haben, daß in dieser kleinen einfachen Wohnung des deutschen Flüchtlings sich ein Tempel des häuslichen Glückes aufgerichtet, wie man ihn in Millionen von Palästen und Hütten vergebens sucht.

Und doch hätte er nur den einen Blick, welchen die beiden Gatten bei ihrem Wiedersehen mit einander wechselten, auffangen müssen, um zu erkennen, daß dieses Kind das einzige, letzte Band noch war, welches die Beiden an einander fesselte. Wem aber jener Blick noch nicht Alles gesagt, der hätte an dem Tone von Walther's

Stimme erkannt, daß hier zwei Herzen neben einander
schlugen, die sich so fremd geworden waren, daß keines
mehr den Schlag des andern verstand.

„Es beginnt zu dunkeln, geh' mit der Kleinen so
lange in das Schlafzimmer, bis ich den Baum ange=
zündet habe. Wo sind die Puppen und die anderen
Sachen?"

„Der Commissionär wird sie auf dem Vorsaal
abgelegt haben", entgegnete die junge Frau, in das
Nebenzimmer gehend, in einem Tone, der so kalt, so
eisig war, wie der Nordwind, der vom Montmartre
herab durch die Straßen der Stadt fegte.

Dennhardt sah ihr mit einem langen ernsten
Blicke nach.

„Wir beide haben mit einander abgeschlossen",
sprach er für sich, „aber das Herz des Kindes sollst Du
mir nicht rauben, Du verblendetes stolzes Weib, das
nicht leben kann ohne jenes nichtige Rauschgold und
jenen Flittertand, dem die Narren nachjagen, um darüber
das wahre echte Glück des Lebens, den Frieden des
Herzens zu verlieren."

Weder in seinen Mienen, noch in dem Klange seiner Stimme drückte sich bei diesen Worten etwas Schmerzliches oder Klagendes aus, er sprach diese Worte so ruhig, so leidenschaftlos, so reflectirend, etwa wie ein Professor auf dem Katheder über einen Satz der Moralphilosophie. Aber diese Ruhe hatte er mit Kämpfen sich erkauft, die er nicht zum zweiten Male hätte bestehen können. Dann trat er an den Tisch, um den Christbaum anzuzünden und den Weihnachts= tisch für seine kleine Mimi herzurichten.

Es war finster draußen, der Wind trieb dichte Wolken von Schneeflocken durch die Straßen und gegen die Fenster der Häuser, die Bäume des Parks stöhnten und seufzten unter der Gewalt des Wintersturmes — in der Brust des Verbannten aber, der hier auf fremder Erde seinem Kinde den ersten Christbaum anzündete, da leuchtet es in diesem Augenblicke auf von hellem, warmem Son= nenschein. Seine Mimi war es ja, für die er die Lichter des Tannenbaums anbrannte, ihr gehörten alle die bunten flimmernden Herrlichkeiten dieses Tisches, dem kleinen holden Engel, welchen ihm die gütige Gott=

heit gesendet hatte zum Trost und zur Freude inmitten
der Wirrsale seines wild bewegten Lebens.

Endlich war Alles geordnet, er klatschte in die
Hände, die Thür des Nebenzimmers öffnete sich und
mit einem Male strömte der helle Lichtglanz in das
dunkle Cabinet, auf dessen Schwelle die kleine Mimi
stand, sprachlos die Händchen in einander gefaltet, ein
Bild lieblichsten Erstaunens. Ein Wonneschauer selig-
sten Entzückens ging durch des Mannes Seele.

Wohl giebt es der Freuden, welche ein Menschen-
herz erbeben lassen, viele und schöne, aber eine reinere,
unschuldigere, süßere Freude, als ein liebend Elternherz
empfindet, wenn des ersten Christbaums Lichter in die
Seele des Kindes jenen hellen Glanz werfen, der noch
nach langen, langen Jahren durch das Dunkel des
Lebens uns seinen magischen Schimmer nachsendet, eine
sanftere, beglückendere Freude giebt es nicht auf dem
Erdenrund.

Aber auch Fanny vergaß in dieser Minute alle
die Dissonanzen ihres jetzigen Lebens und versenkte sich
ganz in die bewegte liebliche Kinderseele. Still war es

im Zimmer, still als wenn ein Engel durchs Gemach
schwebte und seinen Gruß dem blonden Engelsköpfchen
mit den lieben braunen Augen zuwinkte.

Allmälig erholte sich die Kleine von ihrem Er=
staunen. Anfangs mit zögerndem, dann mit lebhafterem
Schritte näherte sie sich dem Weihnachtstische, und als
sie endlich dicht vor den schimmernden Herrlichkeiten
stand, stieß sie einen lauten jauchzenden Ruf aus und
faßte mit beiden Händen nach der nächsten Puppe, die
sie zärtlich an ihr kleines, vor Aufregung und Freude
laut klopfendes Herz drückte.

O welch ein unendlich reicher Schatz von Liebe
liegt in eines Kindes Brust, wie sollte er gehütet werden
von Denen, welchen Gott die Kinder zur Obhut anver=
traut, und wie gewissenlos wird es nur zu oft verwaltet
dieses Geschenk des Himmels, wie wird Stück für Stück
dieser Juwelen der Liebe den kleinen Kinderherzen ge=
raubt, Tag für Tag, Jahr für Jahr. Und wenn sie
endlich groß sind, dann sind sie so bettelarm geworden,
daß sie die wahren Juwelen der Liebe von den falschen,
unechten nicht einmal mehr unterscheiden können. Es

war Mimi's erste Puppe ... die erste Puppe! Welche
Liebkosungen, welche Zärtlichkeiten empfängt sie, wie
offenbart sich an dem Kinde und seiner ersten Puppe
ein so schöner rührender Zug edelster Menschlichkeit.
Es fühlte das kleine Kinderherz die Hülflosigkeit seiner
Puppe, wie das arme Ding mit den kleinen Händen
und Beinen und dem runden rothen freundlichen Gesicht
so ganz und gar auf seine Pflege und Sorge angewiesen
ist. Und nun füttert die Kleine das arme Püppchen
und giebt ihm zu trinken, Kuchen und Milch, gerade
wie es Mama mit ihr zu thun pflegte, und wickelt sie
in ihre Schürze, daß sie nicht friert die arme Kleine,
und macht ihr ein Bettchen in der kleinen Wiege und
drückt sie zärtlich an die Brust und schläft endlich mit
ihr ein, mit ihrer Puppe im Arm.

Und so ist auch die kleine Mimi eingeschlafen mit
ihrer Puppe und des Kindes Wange ruht an der ihres
kleinen Schützlings und um die Lippen des Kindes
schwebt noch das letzte Lächeln, mit dem sie ihre Puppe
angelächelt, schon halb im Schlummer, umgaukelt von
den rosigen Engeln der Kinderträume. Da erhebt sich

die junge Frau und verläßt das Zimmer, Hut und
Shawl ergreifend, und steigt die Treppe hinab und
öffnet das Haus und steigt in einen Wagen, der zwanzig
Schritte von der Thür hält und dann mit ihr fortrollt.

Und wieder sitzt Dennhardt allein an der Wiege
seines Kindes.

Die Lichter des Tannenbaums sind erloschen bis
auf eine einzige Kerze, welche mit ihrem matten
Schimmer das Gemach erleuchtet, auf dessen Wänden
und auf dessen Diele die Aeste und Zweige des Christ=
baums ihre Schatten werfen. Der Geruch des Wachses
durchzieht vermischt mit dem harzigen Tannenduft die
Luft und aus dem Halbdunkel glitzern und blinken die
goldenen Nüsse und silbernen Aepfel magisch hervor.
Erinnerungen an alte längst verklungene Zeiten gehen
durch des Flüchtlings Seele. Die freundlichen Geister
seiner Kindheit schlüpfen aus den Zweigen des Tannen=
baums hervor und tragen ihn fort, weit fort von dem
großen Paris in eine kleine Stadt, inmitten der grünen
Berge Thüringens. Sie führen ihn durch die Flur
eines traulichen Hauses, die Treppe hinauf, über den

dunklen Vorsaal in ein kleines Kämmerchen, dicht an
dem Wohnzimmer. Und wie er so in der dunklen
Kammer steht und den hellen Lichtstreifen betrachtet,
der sich verstohlen durchs Schlüsselloch schleicht und
leise über die Diele hingleitet, da ist es ihm auf einmal,
als wäre sein ganzes späteres Leben nur ein Traum
gewesen, den er in der letzten unruhigen Nacht geträumt.
Er ist wieder der zehnjährige Knabe mit den langen
blonden Locken, das fröhliche Kind, welches durch das
Schlüsselloch blinzelt, um Etwas von den Geheimnissen
der Bescheerung, die darin von Vater und Mutter auf-
gebaut wird, zu erlauschen.

Da öffnet sich plötzlich die Thür, ein blendend
heller Lichtstrom dringt in die dunkle Kammer, mit
glücklichem Lächeln betrachten die Eltern den überraschten
Knaben, der zögernd einige Schritte gegen den Tisch
wagt, wo unter den Zweigen des Christbaums in rosig
schimmerndem Kleide mit goldenen Flügeln ein Weihnachtsengel sitzt und ihm mit dem Finger winkt.

Da verwirren sich ihm plötzlich die Gedanken. Er
kennt den Weihnachtsengel und die lieben guten Augen

seines lieblichen Gesichts, er hat oft mit ihm gespielt
und getändelt, den kleinen Engel in seinen Armen
herumgetragen, ihn geküßt und geherzt, er hat ihn beim
Namen gerufen, und doch weiß er in dem Augenblicke
nicht, ob er ihn Lenchen nennen soll, wie sein einziges
kleines Schwesterchen hieß, das so bald von den Engeln
des Himmels hinaufgetragen wurde zu den blauen
Wolken, oder ob er Mimi heißt, wie sein liebes süßes
Kind. Wie wenn zwei Wasserströme sich vereinigen
und ihre Wellen sich vermischen, so fließen jetzt in
Dennhardt's Traumgebilde Vergangenheit und Gegen-
wart zusammen.

Da schlägt ein Laut an sein Ohr, ein süßer, lieblicher Laut, der ihn von den Todten auferwecken könnte.

„Papa ... lieber Papa ...“ Und gebrochen ist
plötzlich der Bann, mit dem der Traumgott ihn bestrickt.

„Meine Mimi“, ruft er und beugt sich über die
Kleine, die mit heißen Wangen in ihrer Wiege liegt,
im Halbschlummer plaudernd, noch aufgeregt von den
Eindrücken des Abends, die sie noch im Traume verfolgten.

„Schlummere, mein kleiner Engel", murmelte Dennhardt und legte seine Hand leise auf des Kindes heiße Stirn, während er sein Haupt leicht auf den Rand der Wiege stützte. Da erlosch auch die letzte Kerze, im tiefen Dunkel lag das Zimmer und herab senkte sich auf Vater und Kind jener sanfte ruhige Schlummer, der den Gerechten geschenkt wird, die reinen Herzens sind.

4. Ein Gespräch und seine Folgen.

Fanny hatte doch das Herz geklopft, als sie ihren Fuß auf den Tritt des Wagens setzte, der sie von der Vorstadt bei Bellville weit hinein in das Herz von Paris führen sollte.

Dieser Schritt, Das fühlte sie klar, war ein Bruch mit der Vergangenheit, ein entschiedener Bruch, der nicht mehr zu heilen war. Manch innerer schwerer Kampf war vorausgegangen, ehe sie ihn wagte.

Bevor wir aber die junge Frau auf ihrer nächtlichen Fahrt nach Paris hinein begleiten, müssen wir von einer Begegnung erzählen, die vielleicht einen Monat vor Weihnachten stattgefunden hatte.

Fanny war in die innere Stadt gefahren, um hier einige Einkäufe zu besorgen. Etwas ermüdet war sie

dann in ein Café des Boulevard Italien getreten, um
eine Erfrischung zu nehmen, als mit einem halb unter=
drückten Ausruf der Freude ein junger eleganter Mann
auf sie zutritt.

„Welch glücklicher Stern, der mich Ihnen, Ma=
dame, zwei Tage nach meiner Ankunft in Paris
begegnen läßt!"

Die junge Frau überfliegt mit einem überraschten
Blicke die Züge und Gestalt des Mannes und die Er=
innerung an jene Scene an den Ufern des Rheins steigt
in ihrer Seele auf.

„Der Herr Vicomte von Grandlieu", entgegnete
sie, „ist das nicht Ihr Name, mein Herr?" Und ohne
die bejahende Geberde des Andern abzuwarten, fuhr sie
fort: „O, mein Mann wird sich sehr freuen, wenn ich
ihm mittheile, daß Sie in Paris sind."

Der Vicomte unterbrach sie:

„Sprechen wir jetzt nicht von Ihrem Gatten,
Madame, sondern von Ihnen und von Ihrem Leben
in unserm großen prächtigen Paris." Und er lud sie
durch eine verbindliche Handbewegung ein, neben ihm an

einem der kleinen Marmortische des Salons Platz zu nehmen.

„Dieses Leben ist so einfach, daß man kaum darüber sprechen kann. Vielleicht würde ich mich darüber beklagen, wenn ich nicht ein Kind hätte, das ich anbete und dessen Besitz mich Vieles, Vieles vergessen läßt."

Der Vicomte schwieg einen Augenblick auf diese Bemerkung der jungen Frau, und ein leiser Schatten glitt über seine Züge.

„So sind Sie sehr glücklich, Madame, denn ich habe oft gehört, das die Liebe der Mütter zu ihren Kindern in einem gewissen Verhältnisse zu der Liebe gegen ihren Gatten steht. Wenn Sie Ihr Kind anbeten, so müssen Sie gewiß den Vater dieses Kindes sehr lieben. Und was bedarf es mehr, um glücklich zu sein?"

„Solche allgemeine Sentenzen", entgegnete die junge Frau, indem sie das Auge vor dem funkelnden Blicke des Barons von Grandlieu niedersenkte, „mögen zuweilen Recht haben, zuweilen lügen sie aber auch."

Der Vicomte war ein leidenschaftlicher, unterneh=
mender junger Mann, der sich im Umgange mit den
Frauen von Paris eine Kühnheit der Sprache ange=
wöhnt, die oft verletzt hätte, wenn sie nicht gemildert
worden wäre durch einen Ausdruck von Ehrerbietung
in Miene und Geberde und im Ton der Stimme:
Eigenschaften, um derenwillen ihm die Frauen manche
indiscrete und kühne Frage verziehen.

„Sollte bei Ihnen, Madame", frug er mit schüch=
ternem Ausdruck und niedergeschlagenen Augen, wie
ein Schüler von sechszehn Jahren, welcher der Auser=
wählten seines Herzens seine erste schüchterne Liebes=
erklärung stammelt, „sollte bei Ihnen jener Gemein=
spruch eine Ausnahme machen?"

Eine dunkle Röthe flammte über das Gesicht der
jungen Frau.

„Und wenn Dies der Fall wäre, welches Interesse
könnten Sie, Herr Vicomte, haben, Dies zu wissen?"
frug sie mit leiser Stimme und ohne die Augen von dem
Parquet des Salons zu erheben.

4*

„Oh, Madame!" rief der junge Mann mit leisem
und bebendem Tone. Eine ganze Rede würde nicht
beredter, nicht ausdrucksvoller gewesen sein, als dieser
kurze Ausruf, der so einfach, so natürlich war und doch
so Viel errathen ließ.

Es trat ein kurzes Stillschweigen ein, eine jener
Pausen, in denen statt des Mundes nur das Herz
spricht, in denen man die Worte und Empfindungen
des Andern in dessen Augen lesen muß.

Der Vicomte war es, welcher das Stillschweigen
brach. Er war ein sehr gewandter Mann, welcher
wußte, daß so stolze Naturen wie Fanny sehr behutsam
behandelt werden müssen.

„Und wissen Sie, Madame", begann er das
Gespräch in einem Tone, der den Ausdruck achtungs=
voller Vertraulichkeit trug, ohne jene durchschimmernde
Leidenschaftlichkeit, welche dem vorhergehenden Gespräch
einen so eigenthümlichen Charakter aufgeprägt hatte,
„wissen Sie, welche Angelegenheit mich schon so früh
nach Paris geführt und mich den Freuden der Jagd in
meinen schönen Wäldern so bald Adieu sagen ließ?"

Die junge Frau lächelte mit einer verneinenden Geberde.

„Die Politik", fuhr der Vicomte fort, „ich bin Deputirter der Nationalversammlung, und ich und meine Freunde halten es für hohe Zeit, diesem republikanischen Komödienspiel ein Ende zu machen und Frankreich seinem rechtmäßigen Herrscher wiederzugeben."

„Wen nennen Sie den rechtmäßigen Herrscher Frankreichs?" frug Fanny, überrascht, in dem Vicomte, welchen sie bis jetzt blos für einen jungen Elegant gehalten, auch einen Politiker zu entdecken.

„Wie, Madame?" rief der junge Edelmann lebhaft aus, „können Sie einen Augenblick daran zweifeln, daß ich ein anderes Banner auf dem Schlosse der Tuilerien sehen will, als das mit den königlichen Lilien von Frankreich? Wir Söhne des alten Frankreich kennen nur Einen rechtmäßigen Herrscher und das ist Heinrich V."

„Und haben Sie wirklich gegründete Hoffnung, Ihren König wieder auf dem Throne Frankreichs zu sehen?"

„Sie können noch zweifeln, Madame? Ehe ein Jahr vergeht wird der Enkel König Karl's X. in dem Schlosse seiner Ahnen wohnen." In seiner lebhaften Weise theilte nun der Vicomte der jungen Frau die Pläne der Legitimisten in der Nationalversammlung mit, wie sie im Bunde mit den andern Parteien der Ordnung zuvörderst die Nationalversammlung und die Republik in den Augen des Volks zu entwürdigen suchen müßten, um dann mit einem kühnen Schlage die weiße Fahne in Paris aufzupflanzen. Er erzählte Das in einem Tone der Vertraulichkeit, mit einem Ausdrucke der Hingebung an die Sache, wie man es vielleicht einem Freunde gegenüber thut, aber nicht einer jungen Frau; er schien ganz zu vergessen, daß nicht ein Mann, ein Politiker vom Fach ihm zuhörte, sondern eine schöne junge Dame, die am Ende doch zu wenig in die französischen Parteiverhältnisse eingeweiht war, um für diese Dinge ein großes Interesse zu hegen.

Für Fanny lag in dieser Vertraulichkeit des Vicomte ein Reiz, dem sie sich nicht entziehen konnte. Es schmeichelte ihrem stolzen, ergeizigen Sinne, daß

der Vicomte ihr gegenüber nicht blos den liebenswür-
digen Mann, sondern auch den Politiker zeigte; sie
mußte voraussetzen, daß der Vicomte sie für bedeutender
hielt als tausend ihres Geschlechts, für welche er vielleicht
galante, zärtliche Worte, aber nie ein ernsthaftes Gespräch, welches sich um so wichtige Interessen drehte, gehabt hätte. Und als sie sich endlich trennten, da erhielt
der Vicomte nach kurzem Zögern das Versprechen der
jungen Frau, einer der nächsten Sitzungen der Nationalversammlung beizuwohnen, in welcher die legitimistische Partei einen Antrag auf Zurückberufung der
Prinzen des Hauses Bourbon stellen würde.

Gegen ihren Gatten schwieg sie über das Zusam-
mentreffen mit dem Vicomte. Es war das erste Geheimniß, welches sie vor ihrem Manne verbarg, es
sollte nicht das letzte sein.

Wenige Tage nach dieser ersten Begegnung hörte
sie auf der Damentribüne der Nationalversammlung den
Vicomte von Grandlieu für die Aufhebung der Verban-
nungsgesetze gegen die Prinzen des Hauses Bourbon
sprechen. Der junge legitimistische Edelmann sprach mit

Feuer und einer gewissen Eleganz des Ausdrucks, welche
die vornehme Damenwelt des Faubourg St. Germain,
die in ihren glänzendsten Toiletten auf der Zuhörertribüne erschienen war, zu den lebhaftesten Beifallsbe-
zeigungen hinriß.

Der Vicomte warf einen Blick nach dem Damen-
flor, der ihm eine so schmeichelhafte und rauschende
Huldigung darbrachte. Aber sein Auge glitt theilnahmlos an allen den reizenden Herzoginnen, Marqui-
sinnen, Gräfinnen und Baroninnen vorüber und blieb
an der Gestalt einer jungen Frau haften, die in einem
einfachen Kleide von dunkler Seide, den Shawl fest um
die Schultern gezogen, den Oberkörper leicht an eine
Säule der Tribüne gestützt, mit strahlenden Blicken
den Triumph betrachtete, welchen der Vicomte feierte.

Purpurröthe färbte ihr Gesicht, als ihr Auge dem des
Vicomte begegnete, ein leiser Schauer ließ ihre schlanke,
zarte Gestalt erbeben, und wie von einer plötzlichen
Schwäche ergriffen sank sie auf ihren Sitz zurück. Aber
trotzdem entging ihr nicht, wie einige nahestehende Damen,
welche dem Blick des Vicomte gefolgt waren, ihre Augen

auf sie richteten. Sie hörte leise Flüsterworte, wie eine Dame der andern Bemerkungen ins Ohr raunte.

„Ein interessantes Gesicht", sprach eine alte Herzogin zu ihrer Nachbarin, einer jungen blonden Gräfin, „nur etwas zu selbstbewußt."

„Sie ist wirklich reizend", gab die junge Frau zurück, während sich ein leichter Seufzer ihrem Busen entrang; „aber wer mag sie wohl sein?"

Nach Beendigung der Sitzung erwartete der Vicomte die junge Frau am Portal und hob sie in seinen bereitstehenden Wagen. Dann nahm er ihr gegen-über Platz und befahl seinem Kutscher nach dem Bou-logner Wäldchen zu fahren. Es verging eine Viertel-stunde, ehe zwischen den Beiden ein Wort gewechselt wurde, aber eine desto lebhaftere und innigere Sprache redeten die Augen.

„Sie haben heute eine Schlacht gewonnen", be-gann Fanny endlich.

„Sie wollen sagen: wir sind besiegt, aber nicht geschlagen worden; denn wenn unser Antrag auch nicht angenommen wurde, so geschah Das nicht deßhalb, weil man unsere Gründe durch Gegengründe widerlegte, sondern weil man uns durch das Gewicht der Mehrheit erdrückte."

Eine Kutsche, in welcher jene alte Marquise und die junge blonde Gräfin von der Zuhörertribüne der Nationalversammlung saßen, rollte vorüber.

Der Vicomte von Grandlieu grüßte mit einer Verbeugung, während ein leiser spöttischer Zug um seine Lippen schwebte.

„Die arme Gräfin", sprach er zu Fanny gewendet, „sie war blos deßhalb auf die Tribüne gekommen, um ihren Gatten, den Grafen von Bonville, als Demosthenes zu bewundern. Der Arme bekam aber das bekannte Fieber, welches den Soldaten, der zum ersten Male in die Schlacht geht, ebenso befällt, wie den Komödianten, wenn er zum ersten Male vor die Lampen tritt, oder den Priester, wenn er seine erste Predigt hält."

„Desto mehr waren Sie der Gegenstand ihrer Bewunderung", entgegnete Fanny in einem gewissen piquirten Tone, „sie applaudirte Ihnen wie ein Claqueur in der großen Oper."

Trotz der Ironie, die durch diese Bemerkung schimmerte, brach ein freudestrahlender Blick aus dem Auge des Vicomte, und indem er sich rasch nach vor= wärts beugte und einen Kuß auf Fanny's Hand drückte, flüsterte er:

„Und doch kann ich Ihnen versichern, daß mich alle diese Zeichen des Beifalls kalt ließen, und daß ich mich durch den stummen Blick einer jungen Frau, welche dicht an einer der Säulen der Zuhörertribüne stand, mehr beglückt fühlte, als durch alle diese rauschenden Acclamationen."

Eine tiefe Röthe färbte Fanny's Stirn bei diesen Worten des Vicomte und mit banger Beklommenheit senkte sie den Blick nieder.

Auch der junge Mann versank in ernstes Sinnen, und so hatten sie den Saum des Hölzchens erreicht, ohne daß weiter ein Wort zwischen ihnen gewechselt worden wäre.

Der Wagen lenkte in eine der Seitenalleen ein, welche das Wäldchen nach allen Richtungen hin durch= kreuzen.

Es war in der düstersten und trübsten Jahreszeit, Ende November.

Ein leichter Schneefall hatte die Bäume des Waldes weiß gefärbt, graue Wolken bedeckten den Himmel, ein kalter Wind strich über die Erde. Dichte Schaaren von Krähen und Dohlen saßen stumm auf den entlaubten Zweigen und flogen mit mißtönendem Geschrei und schwerem Flügelschlag davon, wenn die Peitsche des Kutschers durch ihren Knall die Waldein= samkeit und tiefe Stille unterbrach.

Fanny gehörte nicht zu den sentimentalen Naturen, deren Seele von dem trüben Eindruck eines melancho= lischen Landschaftsbildes in Schwermuth versenkt wird, aber dennoch fühlte sie allmälig eine gewisse Traurig= keit ihre dunklen Fittige über ihr Herz ausbreiten.

„Lassen Sie uns zur Stadt zurückkehren", sprach sie zu dem Vicomte, „diese öde Stille, dieses Schweigen in der Natur macht mich traurig und verstimmt."

Auf den Lippen des jungen Mannes erschien ein leichtes Lächeln.

„Das ist wohl noch eine Erinnerung an Deutsch=
land, die Sie aus diesem nebligen Lande mit herüber
gebracht haben in unser sonniges Frankreich, wo solche
Tage wie der heutige zu den Ausnahmen gehören. In
Deutschland sollen sich wenigstens die Dichter an grauen
trüben Nebeltagen an Mondschein, Regenschauer und
Nordwind begeistern.“

Fanny schüttelte verneinend das Haupt.

„Ich habe Nichts mit diesem Lande gemein, seine
Sitten, Gewohnheiten und Ideen sind mir heute ebenso
fremd wie an dem Tage, als ich es zum ersten Male
betrat.“

„Und vergessen Sie, Madame“, flüsterte der
Vicomte in leisem Tone, die Augen auf seinen Hut,
den er zwischen den Händen drehte, gerichtet, „daß Sie
das festeste Band mit Deutschland verknüpft, daß Ihr
Gatte ein Deutscher ist?“

„Sie haben sich versprochen, Herr Vicomte“, ent=
gegnete die junge Frau mit einem Ernst im Ausdruck
von Miene und Sprache, welcher den jungen Mann
fast einschüchterte, „Sie wollten von einem andern

Bande sprechen, welches mich vielleicht an jenes Land
ein wenig fesselt, von meinem Kinde, das ich anbete,
und dessen Vaterland jenseits des Rheins liegt."

Damit brach die Unterhaltung über diesen Gegen=
stand ab, gewiß in so bedeutsamer Weise, daß sie dem
Vicomte eine klare Einsicht in die Empfindungen der
jungen Frau gestattete.

Von diesem Tage an sahen sich die Beiden täglich.
Entweder war Fanny auf der Tribüne der National=
versammlung oder sie traf den Vicomte in dem Café
Tortoni auf dem Boulevard der Italiener.

Ihr Gatte frug nie nach ihren Ausgängen, sie
mochte längere oder kürzere Zeit weg bleiben, es war
eine solche Entfremdung zwischen ihnen eingetreten, daß
sich ihr gegenseitiges Gespräch nur auf das Nothwen=
digste, Unerläßlichste beschränkte. Die Beziehungen
zwischen dem Vicomte und Fanny wurden mit jedem
Tage inniger. Es wäre ein Wunder gewesen, wenn es
anders gekommen wäre.

Der junge Edelmann war allerdings in gewissem
Sinne Das, was man einen Lebemann, einen Bonvi=

vant nennt, allein er war nicht der schlimmsten einer.
Er konnte, wie aus seiner Beschäftigung mit den poli=
tischen Angelegenheiten hervorging, sich auch noch für
etwas Höheres begeistern, als für die Damen von der
großen Oper, Ballettänzerinnen, Pferde, Spiel, Toi=
letten= und Boudoirgeheimnisse. Er fühlte, wie seine
Empfindungen gegen Fanny immer mehr den Charakter
einer leidenschaftlichen Liebe annahmen, wie das Bild
der jungen Frau sein Wesen von Tag zu Tag mehr
erfüllte und die Trennung von ihr ihm immer uner=
träglicher wurde. Hier handelte es sich nicht um eine
jener flüchtigen Leidenschaften, die, geboren im Rausche
der Sinne, ebenso schnell erlöschen, wenn den Sinnen
ihr Recht geworden, es war eine ernste Herzensneigung,
die ihn zu Fanny hinzog.

Und daß er ihr nicht gleichgültig war, daß ein
höheres Interesse sie zu ihm hinzog, als das der Ge=
selligkeit und das Bedürfniß des Umgangs mit einem
Mann aus jenen Kreisen der Gesellschaft, denen sie vor
ihrer Vermählung selbst angehört: Das hatte der Vi=
comte aus einer Menge kleiner Zeichen errathen.

Wir sagen absichtlich: kleiner Zeichen; denn es
ist die charakteristische Eigenthümlichkeit mancher Frauen,
besonders solcher, bei denen die Liebe mit Stolz und
Selbstbewußtsein kämpft, ihre Neigung, den Zug ihres
Herzens dem geliebten Manne durch anscheinend gleich-
gültige Kleinigkeiten zu verrathen, deren wahre Bedeutung nur das Auge der Liebe erkennt.

Indessen gehört unstreitig eine große Selbstbeherrschung hiezu, wenn zwei so lebhafte und bestimmt aus-
gesprochene Naturen, wie Fanny und der Vicomte es
waren, längere Zeit einen so peinlichen Zustand ertragen
sollen.

Eines Tages kurz vor dem Christabend faßte der
Vicomte einen festen Entschluß.

Er schrieb folgenden Brief an die junge Frau:

„Es liegt weder in meinem Charakter noch in
meiner Kraft, den gegenwärtigen Zustand, unter welchem
ich und, wenn mich nicht Alles täuscht, unter welchem
auch Sie, Fanny, leiden, noch länger zu ertragen.
Wie auch Ihre Entscheidung ausfalle, jedenfalls werden Sie mir nicht darüber zürnen, daß ich als Mann

den Schritt gewagt und diese Entscheidung herbeige=
führt habe.

„Mit einem Worte sei die glühendste Sehnsucht
meines Herzens, das Glück meines Lebens ausgespro=
chen: werden Sie die Meine. Trennen Sie Ihr Ge=
schick von dem eines Mannes, welchen Sie, ungeachtet
ich weder seinen Charakter noch seinen Geist anzu=
greifen wage, nicht mehr lieben, scheiden Sie von einem
Manne, für welchen auch Sie nicht mehr jenes Ideal
sind, das er in Ihnen zu finden glaubte. Es ist ein
schwerer Schritt, ein großes Opfer, welches ich von
Ihnen verlange, theure Fanny. Gewohnheit, Scheu
vor der Welt, vor Ihren Angehörigen, vielleicht auch
noch ein gewisses Mitgefühl für den Mann, welcher
Ihr Gatte war und der Vater Ihres Kindes ist, das
Sie anbeten, selbst die Erinnerungen an gemeinschaftlich
überstandene Leiden und Freuden, alles Dies wird
Ihnen einen harten Kampf bereiten.

„Aber Sie haben eine kühne muthige Seele, theure
Fanny, ein stolzes und doch so liebeglühendes Herz, und
Sie werden siegreich aus dem Kampfe hervorgehen.

Wartenburg. Ein kleines Kind.   5

„Besser ein kurzer, scharfer Schmerz, als dieses langsame Verbluten, dieses Hinwelken der Lebenskraft in unglücklichen Verhältnissen, die für alle Theile, für Sie, Ihren Gatten, für mich, ja sogar für Ihr Kind eine Qual sind. Vor einer Trennung von Ihrem Kinde schützen Sie die Gesetze Frankreichs. Bis zum fünften Jahre gehört das Kind der Mutter. Für die spätere Zukunft überlassen Sie mir die Sorge.

„Ich dränge Sie nicht um eine Antwort. Ich verlange auch keine schriftliche, sondern möchte die Entscheidung aus Ihrem eigenen Munde hören. Fällt sie gegen mich, so ist mein Entschluß gefaßt.

„Von morgen an wird ein Wagen mit einem treuen zuverlässigen Diener täglich in den Abendstunden zwischen sechs und acht Uhr wenige Schritte von Ihrer Wohnung entfernt warten. Sobald Sie mit Ihrem Entschlusse einig geworden, bitte ich Sie, zu mir zu kommen. Meinem Diener können Sie sich ohne Furcht anvertrauen, er ist mir ganz ergeben.

„Doch zögern Sie nicht zu lange, Fanny, und

bedenken Sie, daß jeder Tag der Ungewißheit für mich zu einer qualvollen Ewigkeit wird. Immer

Paris, 16. December 1849.

Ihr

Edmund von Grandlieu."

Einen Tag nach dem Empfang dieses Briefes, es war beim Anbruch der Dämmerungsstunde, Walther hatte eben die kleine Mimi auf dem Schooße und sang ihr das alte deutsche Wiegenlied von dem

„Eia popeia, was raschelt im Stroh?
Es sind kleine Gänschen, die haben keine Schuh."

sprach Fanny zu ihrem Gatten:

„Wir müssen uns trennen, Walther, ich fühle es, daß es nothwendig ist zu unserem Glücke. Für das Deinige, für das meinige, und vor Allem für das Glück unseres Kindes."

Dennhardt hielt mit seinem Liede inne, hob den Kopf von der Wange der Kleinen empor und richtete einen bis in das Innerste der Seele dringenden Blick auf seine Frau, die am Fenster saß und deren Züge

5*

von dem letzten, bleichen, kalten Strahl der untergehen=
den Decemberſonne erleuchtet wurden.

„Was ſprachſt Du da?“ frug er, und ſeine
Stimme bebte ein wenig trotz ſeiner Selbſtbeherrſchung.

„Ich ſprach“, wiederholte Fanny, und an dem
Zittern ihres Tones und der Langſamkeit, mit welcher
ſich die Worte mühſam hervordrängten, erkannte man
die Schwere des Kampfes, der dieſem Entſchluſſe vor=
hergegangen, „ich ſprach, daß es für uns Alle beſſer
ſein würde, wenn ein Jedes ſeinen eigenen Weg geht.
Du wirſt gewiß auch ſchon daran gedacht haben. Unſere
Anſichten, unſere Charaktere ſind zu verſchiedener Natur.
Ich will Dir keinen Vorwurf machen, Walther, ich
trage vielleicht eben ſo große Schuld an der Scheide=
wand, welche ſich zwiſchen uns aufgethürmt hat, allein
ich fühle die Kraft ſchwinden dieſes Leben länger in
dieſer Weiſe fortzuführen. Wir verſtehen uns nicht
mehr, wir ſind einander fremder geworden als Leute,
welche ſich zum erſten Male im Leben begegnen. Darum
laß uns ruhig von einander ſcheiden, ohne Haß, ohne
Zorn.“

Sie athmete tief auf und drückte das Gesicht gegen die Fensterscheibe, die Entgegnung ihres Mannes erwartend.

Es verging eine Viertelstunde und noch immer verharrte Walther in tiefem Schweigen. Die Dunkelheit war indessen völlig eingebrochen, das Kind im Arme des Vaters eingeschlafen und eine bängliche, unheimliche Stille herrschte in dem Zimmer.

Endlich erhob der Mann sein Haupt und sprach mit einer zwar etwas dumpf klingenden, aber festen Stimme, welcher man Nichts von dem Kampfe anmerkte, der in diesem Augenblicke in der Brust des Verbannten getobt:

„Und wie soll es mit dem Kinde werden?"

Fanny zuckte zusammen. Diese Frage hatte sie erwartet — und gefürchtet.

Das Kind, diese kleine Mimi! Sie wußte, daß sie der Augapfel ihres Mannes, sein höchstes Kleinod, sein Alles war, an dem er hing mit allen Fasern seines Herzens.

Und sie! Sie liebte das Kind gleichfalls mit einer verzehrenden Leidenschaftlichkeit, mit jener ungestümen, ausschließlichen Zärtlichkeit, die man oft bei jenen Frauen findet, welche in der Liebe zu ihren Kindern Ersatz für eine unglückliche Ehe, für die Gleichgültigkeit oder Abneigung, für die Kälte und Untreue des Gatten suchen.

„Antworte mir," wiederholte Dennhardt noch einmal seine Frage, „wie soll es mit dem Kinde werden?"

Angstvoll suchte sie nach einem Ausweg.

„Ich kenne die Gesetze dieses Landes nicht," antwortete sie endlich mit zögernder ungewisser Stimme, „aber ich stelle ihnen die Entscheidung anheim; was sie auch bestimmen mögen, ich werde mich ihnen unterwerfen."

Walther erhob sich mit einer raschen Bewegung. Das Kind fest an seine Brust gedrückt, trat er dicht an Fanny heran, so dicht, daß ihre Wange von dem glühenden Hauche seines Athems gestreift wurde.

„Ah! Madame," sprach er mit leiser, aber vor
tiefster Aufregung bebender Stimme, „die Gesetze
Frankreichs wollen Sie über Ihr, über mein Kind
entscheiden lassen? Nun wohlan, so merken Sie es sich,
daß ich, wenn es sich um mein Kind handelt, nur den
Gesetzen in meiner Brust folgen werde. Und diese Ge=
setze gebieten mir, Ihnen unter keiner Bedingung die
Seele eines Kindes anzuvertrauen, welches Sie ver=
derben würden."

Fanny war bleich geworden zum Erschrecken,
während ihr Mann ihr diese schneidenden Worte in's
Ohr raunte.

Noch nie hatte sie von ihm diesen Ton, dieses so
beleidigend klingende „Sie," noch nie eine so grausame
Beleidigung gehört, als die war, welche er ihr in diesen
wenigen Worten in's Gesicht schleuderte.

„Mein Herr," entgegnete sie endlich, „wenn ich
vielleicht auch das Recht verloren habe, von Ihnen als
Ihre Gattin betrachtet zu werden, so glaube ich doch
nicht, daß Sie das Recht und die Berechtigung haben,
mich mit so empörenden Beleidigungen zu überhäufen."

Und ohne eine Antwort abzuwarten ging sie ins Nebenzimmer, dessen Thür sie hinter sich verschloß.

Seit diesem Auftritte, welcher acht Tage vor dem Christabende stattgefunden, war zwischen den beiden Gatten kein Wort mehr über diese Angelegenheit gewechselt worden. Es war überhaupt zwischen ihnen nur das Nothdürftigste gesprochen worden, das Unerläßliche, was durch die Verhältnisse des Zusammenseins eben noch geboten wurde.

In diesen acht Tagen, qualvoll für Beide, hatte Fanny ihren Entschluß gefaßt. Der Christabend war der Tag der Entscheidung. Mit klopfendem, aber entschlossenem Herzen trat sie an jenem Abend aus der Thür ihres Hauses, um in den Wagen des Vicomte zu steigen, der sie nach kurzem viertelstündigen Fahren vor das große prächtige Hôtel Grandlieu in der Rue de la Paix brachte.

Beim Aussteigen zog sie den Schleier dicht zusammen und senkte, wie von einer unwillkürlichen Bewegung ergriffen, der sie nicht zu widerstehen vermochte, das Haupt mit einer leisen Geberde der Scham zur

Erde. Und als sie ihren Fuß auf die erste Marmorstufe der Freitreppe setzte, da fühlte sie ein Beben durch ihren Körper rieseln, wie ein Mensch, der auf die Treppe des Schaffots tritt.

Wenn sie Walther nur einer einzigen Treulosigkeit schuldig geglaubt, so würde sie diesen Schritt ohne alle Scrupel gethan haben.

„In der Ehe," hatte sie oft gesprächsweise gegen Walther geäußert, und er hatte ihr von seinem Standpunkte aus vollkommen beigestimmt, „in der Ehe ist Alles auf Gegenseitigkeit gegründet. Ich protestire gegen die beschränkte Anschauungsweise, welche die Treue bloß von den Frauen fordert, während sie den Männern die Erlaubniß ertheilt sich darüber hinwegzusetzen. Das heißt die Frau herabwürdigen und erinnert mich an jene Hundetreue, welche die Hand leckt, die sie eben gezüchtigt hat. Der allein ist schuldig, welcher zuerst die Treue bricht, er löst den Vertrag und entbindet dadurch auch den andern Theil seiner Pflicht. Es mag duldende, schwache Frauen geben, welche sich auch dem ausschweifendsten Wüstling gegenüber für

gebunden erachten, ich aber gehöre nicht zu diesen Dul=
dernaturen." Aber er hatte ihr nie die geringste Ver=
anlassung gegeben an seiner Treue zu zweifeln — und
nun mußte sie den ersten Schritt thun.

Unter dem Portal empfing sie der Vicomte mit
einem Leuchter in der Hand. Er war allein, weder ein
Kammerdiener, noch sonst ein Lakai ließ sich sehen.

„Gesegnet sei die Stunde, in der Dein Fuß dieses
Haus betritt, Fanny," flüsterte er und ergriff ihre
Hand, die er leidenschaftlich bewegt an seine Lippen
drückte.

„Möge ich nie bereuen, was ich heute thue," ent=
gegnete sie.

„Nur Schwächlinge bereuen, Fanny, und Sie
gehören zu jenen starken Naturen, die entweder brechen
oder siegen."

Während dieser leise gewechselten Reden hatte der
Vicomte die junge Frau über einen Corridor, auf
dessen weichen Teppichen die Tritte lautlos verhallten,
in ein Zimmer geführt, welches den gemischten Cha=
rakter eines Boudoirs und eines eleganten Studier=

cabinets trug. Herabgelassene Gardinen von dunkel=
rother Seide, eine Tapete von ernster brauner Farbe
mit Goldleisten, Sessel à la Voltaire mit violettem
Sammet, fein gearbeitete Pfeiler= und Spiegeltischchen,
auf welchen eine Menge kleiner interessanter Spielereien
standen, zwei mäßige Bücherschränke mit wissenschaft=
lichen und dichterischen Werken, ein elegant gearbeiteter
Schreibtisch, über welchem einige Waffen, alte Stücke
aus dem Mittelalter, und das Porträt des Herzogs
von Bordeaux hingen, bildeten die Ausstattung des
Cabinets, dessen Atmosphäre durch die knisternde
Flamme in dem Kamin von bläulichem Marmor an=
genehm erwärmt war.

Der junge Vicomte führte Fanny zu einem
Sessel, in welchem die junge Frau wie erschöpft von
einem weiten Wege niedersank, und nahm dann ihr
gegenüber Platz.

Sie drückte die Hände vor die Augen, stumm und
regungslos, während der Vicomte gleichfalls in tiefem
Stillschweigen auf den Boden niederblickte.

Endlich nach einer langen, langen Weile ließ sie die Hände sinken, ihr Blick begegnete dem des Vicomte.

Sie sah blaß aus, sehr blaß; aus ihren Augen strahlte ein übernatürlicher Glanz und ihre Stimme klang matt und bebend: als sie flüsterte:

„Edmund . . . werden wir auch glücklich sein?"

„Fanny," und er sank vor ihr auf seine Knie, „kannst Du zweifeln? Die Sterne einer geweihten Nacht leuchten uns zu dem feierlichen Augenblicke, in dem wir den Bund für's Leben schließen, aber goldener und strahlender als alle die Gestirne des Himmels, welche dort oben glänzen, leuchtet der Stern der Liebe in meiner Brust — möge Gott mich einst vor seinem Richterstuhle verwerfen, wenn dieser Stern jemals untergehen sollte."

„Schwöre nicht," sprach sie, die Hand abwehrend erhebend, „Schwüre werden oft zu lästigen Fesseln, die deßhalb immer unerträglicher werden, weil man glaubt, daß man sich nicht von ihnen befreien kann, ohne die Rache der Gottheit wach zu rufen. Der freie Wille ist oft ein festeres Band als tausend Schwüre und Eide.

Doch nun laß uns von den nächsten Aufgaben reden, denn Du begreifst, daß ich von heute an meinen Aufenthalt in der Wohnung Dennhardt's nur noch nach Tagen zählen kann."

Es lag so etwas Tiefernstes, Feierliches in der Art und Weise, mit welcher sie alles Dies sprach, daß der junge Vicomte, so leidenschaftlich er auch in Liebe und Verlangen aufglühte, doch in eine ernste Haltung zurückgescheucht wurde.

„Ich habe," sprach er, „mit einem der besten Advocaten von Paris Rücksprache genommen. Es werden wenig Schwierigkeiten zu überwinden sein, da Ihr Beide protestantisch seid."

„Aber das Kind, meine süße liebe Mimi," unterbrach die junge Frau den Vicomte, „was war sein Urtheil darüber?"

Der Vicomte zögerte mit der Antwort.

„Bis zum fünften Jahre," sprach er endlich, „würde es unbestritten der mütterlichen Obhut anvertraut werden müssen, von da an aber . . ."

Er hielt stockend inne.

„Weiter, weiter, Edmund," drängte Fanny, die ihm jedes Wort von den Lippen zu nehmen schien, „was sprach er über die fernere Zukunft?"

„Ueber die fernere Zukunft, meinte er, könne sich leicht eine Controverse entspinnen . . . da Dennhardt kein französischer Staatsbürger, sondern ein Deutscher und als solcher . . ."

„Genug, genug," rief Fanny, ihn von Neuem unterbrechend, aus, „ich verstehe . . . Vom fünften Jahre an wird er das Recht haben mir mein Kind zu rauben. Du siehst wohl, Edmund," setzte sie traurig hinzu, „daß wir auf unser Glück verzichten müssen."

„Fanny, Fanny, so leicht giebst Du mich auf?" rief der junge Mann mit schmerzlichem Ausdrucke, „ohne zu kämpfen, ohne zu wagen! Können wir nicht mit Deinem Kinde in den fernsten Winkel der Erde fliehen, wo uns der Arm jenes Mannes nicht erreichen kann, können wir nicht durch tausend Listen seine Nachforschungen und Verfolgungen vereiteln? Ich bin reich, Fanny, und Du weißt, daß das Geld heut zu Tage alle Hindernisse und alle Schwierigkeiten besiegen kann."

Die junge Frau versank in ein tiefes Nachdenken. Dann erhob sie ihr Haupt, fest und entschlossen.

„Wohlan! ich will es wagen . . . Als Du mir vorhin schwören wolltest, da sprach ich: schwöre nicht. Jetzt verlange ich einen Schwur von Dir, einen Schwur bei Allem was Dir theuer und heilig, den Schwur, selbst Dein Leben daran zu setzen, um mir mein Kind zu sichern.“

Der Vicomte von Grandlieu erhob mit feierlicher Geberde die Hand.

„Ich schwöre,“ sprach er.

„Und ich,“ flüsterte Fanny, indem sie ihre Arme um seinen Nacken schlang und ihm tief und glühend in die Augen blickte, „und ich bin von diesem Augenblicke an Dein . . .“

5. Verschwunden.

Hatte Dennhardt von der Entfernung seiner Frau, welche gegen Mitternacht in dem Wagen des Vicomte in ihre Wohnung zurückgekehrt war, Nichts bemerkt oder wollte er Nichts bemerken, genug, er erwähnte den immerhin auffälligen Weggang Fanny's und ihre späte Heimkehr mit keinem Worte. Auch sonst zeigte sich in seinem Benehmen keine Veränderung, nur daß er vielleicht, wenn Das überhaupt möglich war, sich noch wortkarger und verschlossener zeigte.

Nach der Verabredung, welche Fanny und der Vicomte getroffen, sollte Fanny am Sylvesterabend unter irgend einem Vorwand mit dem Kinde ausgehen, vielleicht unter dem Vorgeben eine Spazierfahrt zu machen, dann die von dem Vicomte für sie eingerichtete Wohnung beziehen und hierauf die Scheidung einleiten.

Fanny's Charakter widerstrebte freilich dieses heimliche
Entweichen; ihrem stolzen Sinne wäre es viel lieber
gewesen, wenn sie in offnem Bruch sich von ihrem
Manne hätte entfernen können. Allein der Vicomte
hatte ihr mit klugen Worten nachgewiesen, wie unbe-
sonnen ein solches Verfahren sein würde, wie es leicht
zu einer Katastrophe führen könnte, die für sie und das
Kind verhängnißvoll werden könnte.

Und doch hatte Fanny trotz alledem immer noch
geschwankt. Der Vicomte, Dies bemerkend und eine
Unbesonnenheit der jungen Frau befürchtend, hatte ihr
wenige Tage nach dem Besuche in seinem Hôtel einen
Brief geschrieben, worin er sie mit den eindringlichsten
Worten beschwor, seinem Rath zu folgen.

„Ich beschwöre Dich," schrieb er ihr, „bei unserer
Liebe, bei dem Haupte Deines Kindes, nur scheide
nicht in offnem Bruch von Dennhardt. Er würde
vielleicht Dich, aber nimmermehr das Kind lassen, und
wie mir mein Sachwalter versichert, könnte Dein Mann
bis zur Entscheidung des Processes das Kind bei sich
behalten. Du wirst es ihm nicht verwehren können nach

England und Italien zu gehen, sich in eine Einsamkeit mit dem Kinde zu flüchten und Dir es für immer zu entziehen. Folgst Du aber meinem Rath, scheidest Du mit dem Kinde von Dennhardt, ohne daß er es ahnt, so brauchen wir Nichts zu fürchten. Meine Vorsichts= maßregeln habe ich so getroffen, daß er, selbst für den Fall, daß er Deine Wohnung erkundschaftet, nicht zu Dir und dem Kinde gelangen wird."

Dieser Brief entschied. Fanny beschloß, am nächsten Tag mit dem Kinde ihren Gatten zu verlassen, und nur das Eine wollte sie noch thun, ihm noch ein= mal in einem zurückgelassenen Schreiben die Motive dieses Schrittes darlegen.

Sie hatte die Zeilen, in welchen der Vicomte sie zugleich um eine Zusammenkunft für den Nachmittag in dem Café Tortoni gebeten, in den Vormittagsstun= den empfangen, hatte dann in ihrem Schlafzimmer den für ihren Mann bestimmten Brief geschrieben und war, nachdem sie die kleine Mimi, welche ihren Nachmittags= schlummer hielt, zärtlich geküßt, ausgegangen. Wäre sie weniger mit dem Gedanken an ihre Flucht beschäftigt gewesen und hätte sie das Wesen ihres Mannes an diesem Tage nur etwas schärfer beobachtet, so würde sie vielleicht nicht so ruhig und zuversichtlich auf das Gelingen ihres Planes das Haus verlassen haben.

Walther stand am Fenster, als sie über die Straße ging, um in eine der an der Ecke haltenden Droschken zu steigen.

Er blickte ihr nach, so lange sein Auge sie erreichen konnte.

Dann, als auch der Saum ihres Gewandes nicht mehr sichtbar war, wendete er sich mit einer raschen Bewegung ab und strich sich mit der Hand leicht über die Augen.

Blendete ihn der Sonnenstrahl des heiteren Decembertages oder perlte eine Thräne an seinen Wimpern?

„Leb' wohl," murmelte er, sich noch einmal nach dem Fenster wendend und die Hand nach der Gegend ausstreckend, wo Fanny verschwunden; „lebe wohl für immer!"

Es war vier Stunden später . . . Die Sonne sank hinab, und ihre letzten schwachen Strahlen ver-

goldeten mit mattem Glanze die Höhen von Belleville.
Eine Droschke rollte an das Haus, in welchem der
Flüchtling wohnte. Fanny sprang aus dem Wagen
und eilte die Treppe zu ihrer Wohnung hinan. Sie
kam von der Unterredung mit dem Vicomte, und diese
Nacht sollte unwiderruflich die letzte sein, welche sie und
Mimi in der Wohnung Dennhardt's verleben sollten.

Sie ist schon auf der letzten Stiege, dicht vor der
Thür des Vorsaals, als sie sich von der Portière des
Hauses angerufen hört.

„Der Schlüssel, Madame," ruft sie und eilt die
Treppe hinan.

„Ist mein Mann ausgegangen?" stammelt sie,
von einer dunklen Ahnung, an deren Verwirklichung sie
aber nicht zu glauben wagte, durchzuckt, „und wo ist
mein Kind ... hat er es mitgenommen? Und während
sie Dies bebend spricht, hat sie schon, ohne die Antwort
abzuwarten, die Thür geöffnet und stürzt über den Vorsaal nach dem Wohnzimmer.

Mit zitternder Hast reißt sie die Thür auf, wirft einen Blick in das leere Zimmer und stößt einen lauten gellenden Schrei der Verzweiflung aus.

„Fort . . . fort mein Kind . . . meine Mimi."

Sie wankt, und die bestürzte Portière, welche ihr gefolgt war, fängt sie in ihren Armen auf und läßt sie langsam auf den Divan niedergleiten.

Aber diese Schwäche dauert nur einen Augenblick.

Sie rafft sich empor und stürzt in das anstoßende Schlafzimmer. Ihr Blick fällt auf ein Blatt Papier, das auf ihrem Toilettetisch liegt. Es war ein Brief von der Hand ihres Mannes. Darunter liegt ein Couvert, das Couvert des Briefes, welchen ihr der Vicomte diesen Morgen gesendet hatte.

„Um mit Erfolg ein Verbrechen zu begehen," liest sie, „muß man auch sehr schlau und vorsichtig sein. Du, Fanny, bist weder das Eine, noch das Andere, Du würdest sonst vorsichtiger in der Aufbewahrung des Briefes gewesen sein, dessen Couvert ich zurücklasse zum Beweise, daß mir Alles bekannt ist. Der Schlag, mit dem Du und jener Mann, mit dem ich nun quitt bin, mich vernichten wolltet, vernichten, indem Ihr mir mein Kind raubtet, er fällt auf Dich selbst zurück.

„Die Gerechtigkeit Gottes konnte eine so ruchlose That nicht geschehen lassen. Wenn ich auch längst den Verrath ahnte, den Du mir gegenüber begingst, so hatte ich Dir doch verziehen; denn da, wo keine Gemeinschaft der Herzen, keine Sympathie der Seelen vorhanden, da fällt auch die Gemeinschaft des Lebens. Aber daß Du mir mein Kind rauben wolltest, Das konnte ich Dir nicht verzeihen, Du verblendetes Weib.

„Lebe wohl und sei glücklich, wenn Du es vermagst. Alles Forschen wird vergeblich sein — betrachte mich und das Kind für Dich gestorben. Es ist so am besten. In unserer Ehe hätte für das Kind ohnedieß kein Glück erblühen können. Kinderaugen sehen klar und scharf und erkennen nur zu bald, wenn Die, welche ihnen am nächsten stehen, auf getrennten Wegen wandeln.

„Was wir an Hab' und Gut besitzen, Das überlasse ich Dir.

„Du wirst Papiere und Geldeswerth in meinem Schreibpulte finden. Ich behalte nur so viel als nöthig ist, um mir eine Existenz zu schaffen, welche mir meinen und meines Kindes Unterhalt gewährt.

Lebe wohl für immer!

Walther Dennhardt."

Als Fanny diese Zeilen gelesen, sank sie bewußtlos zusammen, und die einzigen Worte, die sie stammeln konnte, waren:

„Mein Kind, mein Kind ... verloren ... verloren."

Dann aber raffte sie sich mit wilder Energie auf. Sie befahl der Portière die Wohnung zu schließen und die Schlüssel an sich zu halten und alle Briefe, die an sie einlaufen würden, in das Hôtel Grandlieu in der Rue de la Paix zu senden.

Am Morgen des andern Tages verließ der Vicomte mit Fanny, die gestern Abend verstört und bleich zu ihm ins Hôtel Grandlieu mit den Worten gekommen war: „Schwöre mir, morgen Paris zu verlassen und mir mein Kind suchen zu helfen, und ich folge Dir bis an's Weltende," auf der Nordbahn die Seinestadt.

6. Stilles Leben.

Kennt Ihr die grünen Hügel von Morbihan? Jene Berge der alten Bretagne, auf deren Abhängen, in kleinen Dörfern und Weilern zerstreut, einfache Hirten und Bauern wohnen, an denen die Cultur von Jahrhunderten vorübergegangen ist, ohne einen Blick in ihre Hütten zu werfen? Dort, wo diese bretagnischen Berge von den Wellen des Meeres bespült werden, wenige Meilen von Vannes, inmitten eines kleinen Dorfes, dessen Bevölkerung zur Hälfte aus Hirten, zur Hälfte aus Fischern und Schiffern besteht, lebte seit einem Jahre der deutsche Flüchtling mit seinem Kinde.

Es war in den Nachmittagsstunden eines milden Herbsttages, Anfangs October des Jahres 1850. Auf der Düne, deren Sand von den Strahlen der Sonne

erwärmt worden war, saß Walther Dennhardt mit
seinem Kinde und blickte hinaus auf die unendliche See.

Er hatte das Haupt in die Hand gestützt und
lauschte dem geheimnißvollen Rauschen der Meeres=
wogen, während Mimi zu seinen Füßen im Sande
spielte. Sie hatte sich einen kleinen Garten gebaut, mit
Beeten und Sträußern aus Seegras und Herbstblumen,
die sie mit Papa auf dem Wege zur Düne gepflückt
hatte.

Das Kind liebte die Blumen leidenschaftlich. Zu
jedem Maßliebchen und Veilchen bückte sie sich nieder,
jeder Rose und jeder Lilie nickte sie einen Gruß zu, mit
den blauen Kornblumen plauderte sie wie mit lebenden
Gespielinnen, und von keinem Spaziergange kehrte sie
zurück, ohne einen großen Strauß ihrer stillen Blumen=
freundinnen mitzubringen.

Die Kleine klatschte jetzt freudig in die Händchen.

„Sieh, Papa," rief sie, „mein Garten ist
fertig."

Walther betrachtete mit heiterem Lächeln das frohe
blühende Kind und sein Spielwerk.

„Ach der schöne Garten, den meine Mimi sich ge=
baut hat," sprach er und beugte sich zu der Kleinen
nieder, die mit jenem Ausdruck glücklicher Zufriedenheit,
den wir in seiner unverfälschten Reinheit nur bei Kin=
dern finden, ihre strahlenden Blicke bald auf den kleinen
Garten, bald auf ihren Vater richtete.

Mit einem Male stand die Kleine auf und frug
indem sie hinauf nach dem blauen wolkenlosen Himmel
deutete:

„Papa, haben die Engel im Himmel auch schöne
Blumen wie wir?"

„Noch viel schönere, mein Kind," entgegnete
Walther, den die Frage etwas überraschte, „die hellen
Sterne, welche wir Abends sehen, sind lauter große
goldene Blumen, die dort oben im Himmelsgarten
wachsen."

„Ach! weißt Du was, Papa," rief die Kleine
indem sie ihren Papa recht ernsthaft anblickte, „dann
will ich auch ein Engel werden."

Ein wehmüthiges Lächeln, das aber augenblicklich
wieder verschwand, glitt über Walther's Züge.

„Alle guten Menschen werden einmal Engel werden, meine Mimi, aber jetzt bleibst Du noch bei mir, nicht wahr?"

Die Kleine nickte, und so verständig und ernst=haft, als habe sie den ganzen bedeutungsvollen Inhalt dieser Frage begriffen.

Walther erhob sich und nahm die Kleine auf seinen Arm.

„Ich will Dich zu Hause tragen, meine Mimi, Du bist müde von dem weiten Wege. Morgen gehen wir wieder hieher und besuchen Deinen schönen Garten." Und er schritt mit der Kleinen, welche das Köpfchen auf seine Schulter legte und ihre Arme um seinen Nacken schlang, dem Dorfe zu, in welchem er ein kleines einstockiges Haus bewohnte.

Eine ältliche Frau, Mama Poisson, wie die Leute sie nannten, die Witwe eines Schiffers, der auf einer Fahrt nach Westindien verunglückt war, besorgte seine häuslichen Geschäfte, während er selbst vollauf zu thun hatte, um für sich und sein Kind die Bedürfnisse des Lebens zu erwerben.

Walther war zu stolz gewesen, um von dem ohne=
dieß nicht bedeutenden Vermögen seiner Frau, das in
einer Rente von vielleicht zweitausend Francs bestand,
Etwas zu fordern oder an sich zu nehmen. Er hatte
bei der Trennung von seiner Frau Nichts weiter mit=
genommen als sechshundert Thaler, die Reste seines
eigenen erworbenen Vermögens, welches während der
revolutionären Bewegung und in der Zeit seines Auf=
enthaltes in Paris bis auf diesen geringen Betrag auf=
gezehrt worden war.

Die Reise von Paris bis in die Bretagne, der
Ankauf des kleinen Hauses mit dem daran befindlichen
Gärtchen, die häusliche, wenn auch sehr bescheidene
Einrichtung, alle diese Ausgaben hatten Dennhardt's
Capital bis auf kaum hundert Francs aufgezehrt, und
es galt jetzt die Aufbietung aller seiner Kräfte, wenn er
nicht sein Kind und sich dem Mangel, ja dem bittersten
Elend preis geben wollte. Seine verwundete Hand war
zwar geheilt, aber für seinen Beruf war sie untauglich
geworden. Als Bildhauer konnte er ferner nicht
arbeiten. Einen Augenblick dachte er daran, sich durch

schriftstellerische Thätigkeit eine neue Existenz zu grün=
den. Aber es war nur der Gedanke eines Augenblicks.
Er erinnerte sich sofort aus der Zeit seines Aufenthalts
in der deutschen Hauptstadt, wo er häufigen Umgang
mit Schriftstellern gepflogen, wie gerade dieser Beruf
nur von Denen gewählt werden darf, die dazu berufen
sind, wie dornenvoll, die Lebenskraft aufreibend derselbe
ist, wie vielleicht der Einzelne, dem noch nicht die Pflicht
der Sorge für ein anderes Wesen obliegt, es wagen
kann, sein Geschick an das seiner Feder zu knüpfen,
während es ein großes Wagniß ist, auch die Geschicke
Anderer daran zu fesseln.

„Glauben Sie mir," hatte ihm damals ein
junger und talentvoller Schriftsteller gesagt, „unsere
modernen Literaturzustände gleichen dem Labyrinthe
mit dem Minotaurus. Hunderte von jugendlichen
Wagehälsen reizt der geheimnißvolle Zauber, und
Hunderte verirren sich und werden ein Opfer des lauern=
den Ungeheuers, welches man heut zu Tage nur mit
andern Namen bezeichnet. Jeder glaubt den Lorbeer=
kranz sich auf die Stirn setzen zu können und weiß

nicht, daß in dem Kranze Dornen verborgen sind,
welche so tief stechen, daß die Meisten, während sie da=
nach greifen und bevor der Lorbeer ihre Scheitel berührt,
sich daran verbluten."

In welcher Richtung hin sollte er auch literarisch
thätig sein? Als Publicist hatte er in Frankreich und
vollends in diesem einsamen Dorfe der Bretagne durch=
aus keine Gelegenheit, und um als Novellist, Dra=
matiker oder Romanschriftsteller sich eine Stellung zu
erringen, dazu, Das fühlte er, fehlte ihm die dichterische
Begabung.

Er vermied die Klippe, an welcher so Viele zu
Grunde gehen, eine Klippe, die zwar nur in der
eigenen Einbildung besteht, aber darum desto gefähr=
licher ist.

Aber einen andern Gedanken ergriff er mit Leb=
haftigkeit und setzte ihn mit der seinem Wesen eigenen
Energie ins Werk.

Als er eines Tages mit Mimi nach Vannes ge=
fahren war, um dort einige nothwendige Einkäufe für
seine kleine Wirthschaft zu besorgen, da hatte die Kleine

plötzlich in der Nähe der Kathedrale fröhlich in die Händchen geklatscht und ausgerufen: „Papa, Papa ... schöne Puppen." Es war ein Tabuletkrämer, der auf seinem Tisch ein paar schlecht geformte Wachsfiguren stehen hatte, die Jungfrau Maria im Stalle zu Bethlehem mit dem Christuskind und den anbetenden drei Königen aus dem Morgenlande. Er frug nach dem Preise. Der Mann nannte ihm einen ungewöhnlich hohen.

„Ist das Wachs hier zu Lande so theuer?" warf Dennhardt mit einem spöttischen Blick auf die schlecht gearbeiteten Figuren hin.

„Das Wachs nicht, Herr, aber die Leute, welche solche Sachen machen!"

„Und würde man, wenn diese Figuren wohlfeiler wären, viel davon verkaufen?"

„Gewiß, Herr, besonders zur Weihnachts- und Osterzeit."

Dennhardt dankte dem Manne für die Auskunft und meinte, vielleicht würde er bald von ihm hören.

Sein Plan war rasch gefaßt. Konnte er auch nicht mehr als Bildhauer arbeiten, so war ihm doch noch die Möglichkeit geblieben, sein plastisches Talent im Formen weicher Stoffe zu verwerthen.

Er kaufte in Vannes Wachs und ging den näch=sten Tag schon an die Arbeit.

Als er die erste Gruppe, die Geburt unseres Hei=landes darstellend, fertig hatte, rief er seine alte Die=nerin, welche mit Mimi im Garten war.

„Wie gefällt Euch das, Mama Poisson?" Das Kind wollte die Figuren küssen und herzen, und die alte Frau schlug vor Erstaunen die Hände zusammen.

„Glaubt Ihr," frug Dennhardt lächelnd weiter, „daß man mir diese Figuren in Vannes abkaufen wird?"

„Und wenn Ihr so viel hättet, als es Schafe und Lämmer auf den Hügeln von Morbihan giebt, Ihr würdet keine einzige übrig behalten."

Die alte Frau hatte nicht ganz Unrecht. Die Wachsfiguren, welche Dennhardt, theils in Gruppen, theils als Einzelgestalten bildete, fanden in Vannes

Abnahme über Abnahme. Dennhardt stellte nach und nach die ganze biblische Geschichte in ihren Hauptmomenten bildlich dar. Die Gegend um Vannes ist streng katholisch, und diese religiöse Richtung der Bevölkerung begünstigte sehr den Absatz der kleinen, zierlich aus buntem Wachs gearbeiteten Figuren Dennhardt's.

Für die kleine Mimi war diese Beschäftigung ihres Vaters eine unerschöpfliche Quelle der Freude und des Vergnügens.

Da sie mit den andern Kindern nur wenig Umgang hatte, schon deßhalb nicht, weil Dennhardt, der mit der Kleinen nur die Muttersprache, sein geliebtes Teutsch, sprach, nicht wollte, daß das Kind eher des Französischen mächtig würde, bevor es sich im Teutschen verständlich ausdrücken konnte, so waren die Wachspuppen ihre vorzüglichsten Spielgenossen.

Sie plauderte mit ihnen, erzählte ihnen Geschichten, gab einer Jeden täglich ihre Portion Essen, die dann natürlich, wie es die heidnischen Priester mit den Opfermahlzeiten ihrer Götter thaten, von der Darspenderin selbst verzehrt wurde, sie brachte sie zu Bett,

sang ihnen Liedchen vor und deckte sie jeden Abend
sorglich zu, damit die armen kleinen Pipi's, wie sie zu
ihrem Vater sagte, in der Nacht nicht frören und sich
erkälteten.

So verging Monat auf Monat und die Kleine
wurde mit jedem Tage verständiger, wenn man eine
gewisse Sinnigkeit ihres Wesens so nennen darf.

An ihrem Vater oder „Papa," wie sie ihn nur
nannte, hing sie mit einer unbeschreiblichen Zärtlichkeit.

War Dennhardt, was selten, aber doch zuweilen
vorkam, ohne Mimi ausgegangen, vielleicht in die Nach=
barschaft, um irgend Etwas, was er zu seinen Arbeiten
bedurfte, zu holen, und Mimi saß unter der Aufsicht
der alten Mama Poisson vor der Thür und erblickte
ihn von weitem, dann flog sie ihm, so schnell als es
ihre kleinen Füße vermochten, mit flatternden Locken,
glänzenden Augen und ausgebreiteten Armen mit dem
Rufe: „Mein Papa kommt... mein Papa kommt..."
entgegen.

Fand sie auf den Spaziergängen eine schöne
seltene Blume, so pflückte sie dieselbe nicht eher, als

bis der Papa sie bewundert hatte, und sie schlief an
keinem Abende ein, ohne ihren Papa geküßt und geherzt
zu haben.

Für Walther aber war das Kind der Inbegriff
aller irdischen Glückseligkeit. Alle seine Empfindungen,
Gedanken, all sein Thun, Handeln drehte sich um seine
kleine Mimi. Das Stück französischer Erde, auf wel=
cher er mit ihr lebte, war für ihn die Welt; was hinter
diesen bretagnischen Bergen lag, hatte er Alles ver=
gessen.

Die Kämpfe der Parteien wie die Leidenschaften
des Herzens, sie hatte er jenseits der grünen Hügel von
Morbihan gelassen und Nichts aus der früheren Zeit
mit herüber genommen, als die Liebe zu seinem Kinde.
Gewiß lieben alle Eltern ihre Kinder, wenn sie keine
Rabenherzen im Busen tragen, aber diese Liebe
Walther's zu seiner kleinen Mimi war doch noch ganz
anderer Art.

Schon ehe das Kind geboren war, liebte er es, und
während die Wünsche der Väter in der Regel auf einen

7*

Knaben gerichtet sind, wünschte er, daß es eine Tochter sein möchte.

Als nun sein Wunsch erfüllt wurde, da war er so glücklich, so wie es vielleicht ein Jüngling ist, dem endlich aus dem Munde der unendlich Geliebten das Wort der Erhörung wird.

Jetzt nun vollends, wo die Kleine das einzige Wesen war, welches er sein nennen konnte, jetzt hing er mit allen Lebensfasern an ihr und sie war der Mittelpunkt, um welchen sich alle seine Gefühle, Empfindungen, Gedanken, Entwürfe drehten.

Einst, als er mit ihr am Meeresstrande stand, auf jener Düne, wo er an jenem Herbstnachmittag mit dem Kinde saß und spielte — es war sein liebster Ort, den er bei seinen Spaziergängen stets besuchte — frug Mimi, hinüber zu der unendlichen Meeresfläche deutend:

„Papa, wohnen da drüben über dem großen Wasser auch Leute?"

„Gewiß, mein Kind, viele, viele tausend Menschen wohnen dort. Das Land, in welchem sie leben, nennt man England. Wenn Du groß geworden bist, meine Mimi, fahren wir einmal zusammen auf einem Schiffe hinüber und sehen uns die Leute und ihre Städte an.“

Das Kind hatte still und mit einer gewissen andächtigen Miene den Worten des Vaters gelauscht.

Dann hob es sein Köpfchen mit den blonden weichen Locken und den lieben braunen Augen zu dem Vater empor und sprach mit einem Ausdruck kindlichen Ernstes, der gerade, weil er aus einem so jugendlichen, lebensfrischen Munde kam, einen rührenden Eindruck erzeugte:

„Weißt Du was, Papa, ich will gar nicht groß werden . . . ich will Deine kleine Mimi bleiben.“

Ein Gefühl urplötzlich aufsteigender Wehmuth bemächtigte sich seiner bei diesen Worten des Kindes und er vermochte nicht eine Thräne, die sich hervordrängte, zu unterdrücken.

„Nicht weinen, Papa,“ bat Mimi, indem sie ihre Händchen bittend emporstreckte; und als Dennhardt sie zu sich empor hob, legte sie ihr Lockenköpfchen an des

Vaters Wange und sprach: „Du bist mein bester, guter
Herzenspapa."

Und dann fing sie an zu lachen und zappelte lustig
vom Arme des Vaters herab, lief jauchzend hinter einem
Schmetterling her und jubelte laut auf, als sie während
dieser Verfolgung in dem weichen Sand stolperte und
sanft von der Düne herabrollte, gerade in die ausgebreiteten Arme ihres Papa.

So schwand Monat nach Monat dahin. Denn-
hardt fühlte sich so glücklich, wie es noch nie in seinem
Leben der Fall gewesen.

Es liegt eine so stille, friedliche Seligkeit in der
Liebe zu einem Kinde, zu einem so unschuldigen und
hülflosen Wesen, es verbreitet sich aus diesem Gefühl
ein so sanfter, ruhiger Friede über den ganzen Menschen, über all sein Denken, Thun und Handeln, daß alle
andern Empfindungen des Herzens dagegen als auf-
reibende Leidenschaften erscheinen.

Im schnellen Wechsel fliegen die Jahreszeiten
dahin. Wenn der Sommer mit seinem bunten Farben-
schimmer von Blumen und Blüthen, mit seinem grünen

Schmelz der Wiesen, mit seinem blauen Himmel und
goldnen Sonnenlicht dahingegangen war und der
Herbst mit seinen kalten Regengüssen, seinen Stürmen
auf dem Meere ihm folgte, und Dennhardt mit seinem
Kinde daheim bei der knisternden Flamme des Kamins
bleiben mußte, dann brach für die kleine Mimi eine
Zeit neuen märchenvollen Glückes an.

„Papa, erzähle mir eine Geschichte!" Mit diesen
Worten erwachte sie früh in ihrem Bettchen, das dicht
neben dem ihres Vaters stand, und mit diesen Worten
ging sie schlafen.

Dann setzte sich Dennhardt, nachdem er sie sorg=
lich zugedeckt, an ihr Lager, nahm ihre kleine, weiche,
warme Hand in die seinige und erzählte ihr lauter
kleine, das Kind mächtig fesselnde Geschichtchen aus
seiner Jugend, wie er noch ein kleiner Junge war, von
seinem lieben Schwesterchen Helene, die so bald ge=
storben und der die Eltern ihre Lieblingspuppe, die sie
„Anna" nannte, mit in den Sarg gegeben, und von
den grünen Wäldern in Thüringen, in welchen allerlei
wilde Thiere hausten, Hirsche, Rehe, wilde Schweine

Luchse und Dachse, Geschöpfe, welche die Kleine nur aus ihren Bilderbüchern kannte. Am meisten aber interessirte sie die Erzählung von dem getreuen Eckard, der auch in den thüringischen Wäldern lebt und die Kinder beschützt gegen Nixen, Kobolde und Menschen= fresser. Sie war unermüdlich im Anhören dieser Er= zählungen, und oft flüsterte sie, endlich doch vom Schlafe übermannt, während sich ihre Augen schon schlossen und sie sich in die Kissen vergrub, noch mit leiser Stimme: „Papa, noch eine Geschichte . . .“ und war in der nächsten Minute fest eingeschlummert.

So vergingen einige Jahre in ruhigem, stillem Leben. Mimi war fünf Jahre alt geworden und plapperte frisch und gewandt aus ihrem kleinen Munde Alles heraus, was ihr Herz bewegte.

Mit ihrem Papa sprach sie Deutsch, während sie mit der alten Mutter Poisson Französisch plauderte.

Es gab Dennhardt, trotzdem daß er glaubte Alles überwunden zu haben, doch einen scharfen Stich ins Herz, als er eines Tages die kleine Mimi

zu der alten Frau, mit der sie in dem Garten vor dem
Hause auf und ab ging, sagen hörte:

„Ma chère mère, reposons-nous un moment
sur ce banc de gazon." (Meine gute Mutter, laß
uns einen Augenblick auf dieser Rasenbank ausruhen.)

„Ma chère mère!" Armes Kind, das nie wie=
der die Stimme der Mutter hören sollte! Eine Erin=
nerung an ihre Mama, an Fanny, schien die Kleine
nicht zu haben, wenigstens erwähnte und frug sie nie=
mals danach. Freilich war sie auch, als Walther mit
ihr Paris verließ, noch nicht zwei Jahre alt gewesen,
und die Veränderung des Wohnorts, die Reise, die
neuen tausendfachen Eindrücke der Außenwelt auf die
junge erwachende Kindesseele verscheuchten schon in der
ersten Zeit die schwachen Erinnerungen, welche sich in
ihrem Gedächtniß befunden hatten. Als sie endlich das
Französische sprechen gelernt, hatte sie in den zwei
Kindern eines Lootsen, der früher lange als Ober=
steuermann auf einem Kriegsschiff gedient und in
dem Hause nebenan wohnte, ein paar Gespielinnen
erhalten.

Pauline und Lisette waren fast in gleichem Alter
wie Mimi, doch viel schüchterner, blöder als die Kleine.
Der Lootse, sonst ein ganz braver Mann, hatte noch
immer etwas Rauhes, Strenges in seinem Wesen und
ließ die Kinder nicht selten seine schwere Hand fühlen,
während Mimi bei aller ihrer Kindlichkeit sich so ruhig,
sicher, so selbstständig bewegte, daß der Unterschied so=
fort in die Augen sprang.

Die Liebe ihres Vaters gab der Kleinen diese
liebenswürdige Sicherheit und Unbefangenheit, die sie
selbst größern Personen gegenüber zeigte.

Eines Tages, Dennhardt arbeitete eben emsig an
einer Gruppe, welche für eine Capelle in der Nachbar=
schaft bestellt war, spielte sie mit Pauline und Lisette
und noch einigen Kindern ihres Alters vor dem Garten
ihres Hauses.

Die Kinder jauchzten, tanzten und sangen und
verursachten ein wenig Lärm, welcher den Feldhüter
oder Flurschützen des Orts, der eben aus der Schenke
kam, einen griesgrämigen Patron, störte.

Der Flurschütz ist für die Kinder in den franzö=
sischen Dörfern dieselbe Popanzfigur, wie es der Polizei=
diener unserer kleinen deutschen Städte für die liebe
Gassenjugend ist.

Der rothe Streifen an der Mütze und am Kragen
hat diesseits wie jenseits des Rheins dieselbe Wirkung:
die Kinder flüchteten, als sie den Mann mit der Flinte
über dem Rücken und den Stock drohend erhebend daher
kommen sahen, nach links und rechts in die benach=
barten Häuser.

Nur Mimi blieb mit ihrer Puppe im Arm ruhig
in der Mitte der Straße stehen.

„Heda, Du kleiner Balg," rief der Flurschütz mit
einer drohenden Bewegung die Hand erhebend, „willst
Du machen, daß Du fort kommst?"

Die Kleine rührte sich nicht, sondern blickte dem
Mann mit ihren großen strahlenden Augen fest ins Gesicht.

„Nun, wird es werden?" schrie er erbost. „oder
soll ich Dich fortprügeln?"

„Mein Papa hat gesagt, ich soll hier spielen, und
was mein Papa gesagt hat, Das thue ich, und wenn

Du mich prügelst, dann schießt Dich mein Papa mit seiner Flinte todt."

Der Mann erschrack fast, als das kleine fünf= jährige Mädchen ihm mit solcher Ruhe und Bestimmt= heit vom Todtschießen sprach.

„Dein Papa?" brummte er, „und wer ist Dein Papa?"

„Die Leute nennen meinen Papa Herrn Denn= hardt und ich bin Mimi Dennhardt."

„Ah! die Tochter von dem deutschen Réfugié," murmelte der Feldwächter, indem er einen scheuen Blick nach dem Hause Dennhardt's warf, „er soll ein ver= wegener Bursche sein und in Deutschland bei einem Massacre vierunzwanzig Aristos umgebracht haben." Ein derartiges Märchen gehörte zu den Gerüchten, welche sich über Dennhardt's Betheiligung an der Re= volution bei einigen leichtgläubigen und neugierigen Schwätzern verbreitet hatten und sehr wohl in einem Lande geglaubt werden konnten, wo sich mit dem Be= griff der Revolution auch zugleich der der Guillotine und der Niedermetzelung der Aristokraten verband.

Im vorliegenden Fall hatte dieses schauerliche Gerücht für Mimi indessen das Gute, daß der Feld=wächter, ein Poltron, für welchen von jeher der ernste Blick Dennhardt's und sein langer wallender Bart etwas Zurückscheuchendes, Ehrfurchtgebietendes gehabt, die Kleine ungehindert weiter spielen ließ und nur beim Weitergehen mit den halblaut gemurmelten Worten: „Nun, heute magst Du noch spielen, wenn ich Dich aber morgen wieder hier treffe, so wirst Du mich kennen lernen," seine gefährdete Autorität rettete.

Wenn Mimi von ihrem Vater ein Geschenk er=hielt, das er ihr stets mitbrachte, wenn er in Bannes gewesen, so rief sie mit ihrer lieblichen Silberstimme ihre kleinen Gespielinnen, Pauline und Lisette, eilig herbei.

War es eine Leckerei, so theilte sie dieselbe ge=wissenhaft in drei Theile, war es ein Spielwerk, dann mußten die Kinder ebenso damit spielen, als wäre es das ihrige. Mitunter kam es vor, daß die Kleinen, schüchtern und blöde, wie sie in Folge der strengen Zucht ihres Vaters, des Lootsen, waren, die Annahme dieser kleinen Geschenke und Liebesbeweise verweigerten;

dann aber gerieth Mimi in fast zornige, leidenschaftliche Aufregung und versuchte oft mit Gewalt die Kinder zur Annahme zu zwingen, was schließlich Geschrei und Thränen zur Folge hatte. Dann kam gewöhnlich Dennhardt herbei und überwand durch Zureden die Blödigkeit der Kinder. Nahmen sie dann, was ihnen Mimi darbot, dann war die Kleine wieder so außer sich vor Freude, daß sie die Kinder stürmisch umarmte, küßte und mit allerlei Schmeichelnamen nannte.

Bei den Bewohnern des Dorfes, zumal bei den Frauen, stand Mimi in großer Gunst. Sie war der erklärte Liebling der jungen Mütter, welche bereitwillig die liebliche Schönheit und geistige Ueberlegenheit des fremden Kindes anerkannten.

Viel trug auch Dennhardt's Wohlthätigkeit dazu bei, der bei seinem überreichen Verdienst manche Gabe in die Hütten der Armuth sendete und als Geberin gewöhnlich Mimi mit der Mutter Poisson schickte, so daß das Kind, wenn es über die Schwelle einer armseligen Hütte trat, von den Bewohnern wie ein kleiner rettender Engel begrüßt wurde.

7. Das Räthsel des Lebens.

Es war im Sommer, wenige Wochen vor Mimi's sechstem Geburtstage. Eine dumpfe Schwüle lag auf dem kleinen Orte, überall sah man traurige und verweinte Gesichter. Der Todesengel war eingezogen in dem Dorfe und hielt eine reiche Ernte unter den lieblichsten Blumen der Menschheit, unter den Kindern.

Es war eine bösartige Epidemie, eine jener verheerenden Krankheiten, welche an die düstere blutige Sage von dem Würgengel erinnern.

Auch Mimi war von der Krankheit ergriffen worden und lag schon einige Tage hart darnieder.

Dennhardt wich nicht einen Augenblick von ihrem Bette. Gleich als sich die ersten Symptome des Fiebers zeigten, hatte er einen reitenden Boten nach Vannes geschickt und den tüchtigsten Arzt der Stadt holen lassen, der auch wenige Stunden später erschien.

Wie ein Sterbender, mit dem Ausdruck tiefster Seelenangst in den verstörten Zügen trat ihm Dennhardt unter der Hausthüre entgegen.

„Retten Sie mir mein Kind, Doctor", sprach er mit bebender Stimme, indem er ihm seine zitternde Hand entgegenstreckte, „meine Mimi . . ." Er konnte nicht mehr sprechen, die Stimme versagte ihm.

Der Arzt, welcher Dennhardt von seinen Besuchen in Vannes her kannte und sich, schon weil er politischer Gesinnungsgenosse des deutschen Flüchtlings war, zu Dennhardt hingezogen fühlte und ihn bei näherer Bekanntschaft auch wegen der Bravheit seines Charakters hoch schätzen gelernt, war im ersten Augenblick ganz überrascht von dieser tiefen Bewegung Dennhardt's.

Wußte er auch, daß der Bildhauer sein Kind auf das zärtlichste liebte, so hätte er doch nimmer in dem ernsten ruhigen Manne eine solche Weiche des Gefühls vermuthet.

„Fassen Sie sich, mein Lieber, man darf, so lange der Odem des Menschen aus- und eingeht, nie verzagen, am Wenigsten aber bei den Krankheiten der Kinder, wo die Heilkraft der Natur, viel häufiger als es von dem klügsten Arzt erwartet wird, Genesung fast urplötzlich bringt."

Er trat an das Bett der Kleinen, die in einer Art Halbschlummer lag. Dennhardt's Auge hing an des Arztes Mienen, und es entging ihm nicht, wie diese, trotz der Selbstbeherrschung des Mannes, einen sehr ernsten, bedenklichen Charakter annahmen.

„Das Kind ist krank . . . sehr krank," sprach er vom Bett zurücktretend in leisem Tone zu Dennhardt, welcher mit vor Aufregung laut hämmerndem Herzen dem Arzte gewissermaßen jedes Wort von den Lippen nahm, „indessen man darf noch nicht die Hoffnung aufgeben. Vor allen Dingen sorgen Sie dafür, daß die Arznei, welche ich verschreibe, rasch geholt wird."

„Nicht alle Hoffnung aufgeben," wiederholte Dennhardt mit erloschener Stimme und einem Blicke verzweifelter Seelenangst, „o, ich weiß, was diese Worte in dem Munde eines Arztes bedeuten."

„Muth, Muth, Mann," tröstete der Doctor, „und vor Allem die Arznei. Ich komme morgen mit dem Frühesten wieder, für außerordentliche Fälle wenden Sie sich an den Doctor Godin, der ganz in der Nähe, eine Viertelstunde von hier, auf seinem Landgute lebt. Er prakticirt zwar nicht mehr, aber hier wird er eine Ausnahme machen, ich will im Vorbei=fahren selbst mit ihm sprechen. Gott stehe Ihnen bei, mein Freund!" Mit diesen Worten verabschiedete sich der Arzt.

In tödtlicher Spannung und Ungewißheit ver=gingen einige Tage. Täglich kam der Doctor und täglich mußte er für das von Todesqualen erfüllte Herz des Vaters keine andere Antwort, als die furchtbaren Worte: „Das Kind ist sehr krank . . . indessen man darf die Hoffnung noch nicht aufgeben."

Zehn entsetzlich peinvolle Tage und Nächte waren
so dahingegangen. Dennhardt's Augen hatten sich
während dieser Zeit auch nicht auf eine Minute zum
Schlafe geschlossen. Eine alle Nerven und Fibern auf=
regende, gewöhnliche menschliche Kraft weit übersteigende
Willensmacht erhielt ihn munter.

Er wich nicht einen Augenblick von Mimi's Bett,
und sein Auge überwachte die geringste Bewegung des
Kindes.

Es war in der elften Nacht ihrer Krankheit . . .
die Gewalt des Fiebers, welches gegen Abend nachge=
lassen, hatte sich eine Stunde vor Mitternacht wieder
heftig gesteigert, der Puls flog in stürmischer Eile . . .
der Athem war kurz und beklommen . . .

„Papa,“ sagte plötzlich das Kind, welches wäh=
rend der Krankheit meist stumm und theilnahmlos
gegen seine Umgebung sich verhalten hatte, „Papa . . .
ich kann gar nicht Luft bekommen.“

Es war des Kindes erste Klage, aber sie traf
Dennhardt wie der Stoß eines glühenden Schwertes
mitten in das Herz hinein!

8*

„Meine gute, liebe Mimi," sprach er mit halb=
erstickter Stimme, die Kleine sanft emporrichtend und
das Bett aufschüttelnd, „ich will Dir ein Kissen unter=
legen, Du liegst so niedrig, dann wirst Du auch leichter
athmen können."

Aber er konnte es nicht verwehren, daß ihm zwei
Thränen über die Wangen liefen, trotz seiner Anstren=
gung dem Kinde seinen Schmerz zu verbergen.

Die Kleine sah die Thränen.

„Nicht weinen, Papa," sagte sie mit ihrer leisen,
weichen Stimme und indem sie mit ihren glänzenden
Augen aufmerksam ihres Papa's Züge betrachtete.
Dann wendete sie sich auf die andere Seite und verfiel
wieder in jenen dumpfen Halbschlummer, in welchem
weder die Phantasie, noch der Körper ruht, und der
nicht sowohl stärkend, als vielmehr erschöpfend wirkt.

Nach Mitternacht steigerten sich die fieberhaften
Erscheinungen und die Beklemmungen beim Athmen so,
daß Dennhardt einen Boten nach dem Doctor Godin
schickte.

Dieser kam und hatte kaum einen Blick auf das Kind geworfen, als er eilig nach Blutegeln verlangte.

Man holte sie beim Dorfbader und setzte der Kleinen, die Alles geduldig ertrug, drei der schwarzen häßlichen Thiere in die Nähe des Herzens.

Da wurde die Thüre geöffnet und die junge Loot=senfrau erschien weinend auf der Schwelle und bat den Doctor, von dessen Ankunft sie gehört, zu ihrem todt=kranken Kinde, ihrer Lisette, zu kommen.

„Auf der Stelle komme ich," entgegnete der menschenfreundliche alte Arzt, der längst der Praxis entsagt hatte und nur aus Humanität seine Dienste der leidenden Menschheit widmete, „ich werde gleich zu=rück sein, lieber Freund."

Er ging und Dennhardt blieb allein mit der Mutter Poisson bei seinem Kinde zurück.

Es war eine dumpfe und schwüle Nacht. Ueber den Bergen wie über dem Meere hingen dunkle Wetter=wolken, und am fernsten Horizonte, da wo Wasser und Himmel sich zu vermählen scheinen, leuchteten schon feurige Blitze. In der Stube brannte nur die

schwache Flamme einer mit einem grünen Schirm um=
gebenen Lampe, da das Kind sich vom Anfang der
Krankheit an gegen den hellen Lichtschimmer empfind=
lich gezeigt hatte.

Kein Geräusch in dem Zimmer, als des Kindes
rasche Athemzüge und das hörbare Hämmern und
Klopfen des kleinen Herzens.

Dennhardt kämpfte vergebens gegen den Ausbruch
eines Schmerzes, den er lange unterdrückt hatte, der
aber endlich mit Gewalt hervorbrach und in heißen
Thränenströmen über seine Wangen fluthete.

Es war jenes stille Weinen einer kräftigen Män=
nernatur, die unverzagt im Sturm und Wetter steht,
die selbst mit zerbrochenem Schwerte und aus zehn
Wunden blutend noch die Schlacht des Lebens gegen
den äußern Feind schlägt, die aber weich wird wie eine
Kinderseele, wenn des Schicksals Hand an das Herz
greift und von diesem Herzen das einzige Wesen reißt,
an welchem es mit allen Fasern hing.

Hab und Gut, Vaterland und Beruf, Weib und
Lust des Lebens hatte Dennhardt in seinem Kampfe

für die großen Ideen der Freiheit verloren, es hatte
ihn nicht erschüttern können, selbst die Trennung von
Fanny hatte ihn kaum eine Thräne gekostet, denn sie
hatte ja nicht ohne ihre eigene Schuld aufgehört das
Weib seiner Liebe zu sein; aber dieser drohende Verlust
seines Kindes, seiner kleinen lieben Mimi, ergriff ihn
mitten an seine Lebensnerven, er ließ ihn zusammen=
brechen.

Schmerzliches, aber zugleich rührendes Beispiel
der Hinfälligkeit menschlicher Kraft, der Ohnmacht
menschlicher Größe, gegenüber dem Walten eines ewigen,
allmächtigen Wesens, dessen Natur für uns unbegreiflich
ist, das wir nur in seinen Schöpfungen ahnen können,
dessen Macht aber jede Creatur anerkennen muß und
stände sie auf der obersten Stufenleiter, auf der letzten
Sprosse der Schöpfung, und wäre sie auch geschaffen
nach dem Bilde des ewigen unbegreiflichen Wesens,
mit der Gottähnlichkeit.

Ein leiser Ruf des Kindes weckte den unglücklichen
Vater aus der dumpfen Betäubung, welcher dem Aus=
bruch seiner Thränen gefolgt war. Es war dieselbe

frühere sanfte Klage der kleinen Mimi, die einzige, welche sie laut werden ließ:

„Papa, ich kann gar nicht Luft bekommen."   .

„O Gott, Gott!" seufzte der unglückliche Vater aus der Tiefe seines Herzens und sandte einen ver= zweifelten Blick zum Himmel empor, „von aller der Luft, welche uns umweht, hat mein armes Kind nicht so viel, um athmen zu können."

In diesem Augenblicke kam der Doctor Godin aus dem Nachbarhause zurück.

„Saugen die Blutegel noch?" frug er schon unter der Thür.

Eins der Thiere war abgefallen und die nach= blutende Wunde hatte, ohne daß Dennhardt in seinem Schmerze es bemerkt, die weißen Linnen des Bettes blutig gefärbt.

„Barmherziger Gott!" rief er mit halb erstickter Stimme, „was ist Das?... das Kind verblutet sich."

„Still", sprach der Arzt mit einer ernsten Geberde, „wenn auch Das nicht zu befürchten ist, so muß die Blutung doch schnell gestillt werden." Und er zog aus einem kleinen Etui eine Federspule hervor, mit welcher er rasch die blutende Wunde berührte.

Aber bei der ersten Berührung stieß das Kind einen so heftigen, durchdringenden Schrei aus, daß Dennhardt zusammenzuckend des Arztes Hand faßte und sie krampfhaft drückte.

„Papa... Papa... der alte Mann sticht mich," schrie das Kind mit verwirrter, ängstlicher Geberde und abwehrenden Händen, „jag' ihn fort, Papa... jag' ihn fort..."

„Seien Sie ein Mann," flüsterte der Arzt dem Erbleichenden zu, auf dessen Stirn Angsttropfen perlten, „es ist Nichts... ein kurzer, vorübergehender Schmerz... die Gefahr, welche durch den Blutverlust entsteht, ist nicht gering." Und wieder versuchte er mit dem kleinen Stift der Spule die Wunde zu berühren.

„Mein süßer... süßer Papa," schrie die Kleine auf, sich angstvoll in dem Bettchen emporschnellend und die Arme nach ihrem Vater, der zu Häupten des Bettes stand, ausbreitend, „der böse Mann... der böse Mann... jag' ihn fort... jag' ihn fort, Papa."

Und sie schlang ihre Händchen mit entsetzten Blicken um ihres Papa's Nacken.

Das Blut aber rann immer noch in kleinen Strömen aus der Wunde.

„Barmherziger Gott, Doctor, giebt es kein anderes Mittel die Blutung zu stillen?"

„Versuchen Sie es selbst", sprach der Doctor tief bewegt, „hier . . . nehmen Sie den Stift . . . touchiren Sie."

Mit zitternder Hand nahm Dennhardt die Spule mit dem Höllensteinstift und flüsterte mit bebender Stimme dem zitternden Kinde zu:

„Es ist Nichts, meine kleine süße Mimi. Du wirst auch bald wieder gesund und dann gehen wir zusammen." Und er berührte die Wunde.

„Papa . . . Papa . . . Du stichst mich. Ach . . . Papa."

Der Stift entfiel seiner Hand.

„Ich kann nicht mehr . . . Doctor . . . O Gott, Gott!" Der Unglückliche wankte und wäre zu Boden gestürzt, wenn ihn der Arzt nicht aufrecht erhalten.

„Beruhigen Sie sich . . . fassen Sie Muth,“
raunte er dem Verzweifelten zu, „Ihre Hand traf
sicherer als die meinige, die das Alter zitternd machte.
Das Blut steht . . . etwas Charpie aufgelegt, und wir
haben Nichts weiter zu befürchten.“

Das Kind war indessen auch ruhiger geworden
und schloß die Augen zu einem kurzen Schlummer,
während Dennhardt todtmüde an Geist und Körper,
blutend aus der tiefsten Herzenswunde, welche ihm der
Schmerz dieser qualvollen Nacht geschlagen, auf seinen
Sitz neben dem Bett zurücksank und lautlaus vor sich
hinstarrte.

„In zwei Tagen,“ sagte der alte Doctor, von
dem schmerzerfüllten Vater Abschied nehmend, „wird
die Entscheidung eingetreten sein . . . bis dahin, mein
alter Freund, Geduld und Ruhe.“ . . . .

. . . .

Der Tag brach an, ein drückend heißer August-
tag . . . die Gewitter der verflossenen Nacht hatten die
Gluth nur wenig abzukühlen vermocht, die Sonne
warf von dem wolkenlosen blauen Himmel sengende

Strahlen auf die Erde herab, die Luft stand still, nicht
der leiseste Windhauch bewegte sie.

Trotz der herabgelassenen Gardinen, der geöffneten
Thür, welche auf den kühlen Vorsaal des Hauses
führte, und trotz der Sprengung mit Wasser und Essig
herrschte in dem Zimmer, wo die kleine Kranke lag,
doch eine schwüle Atmosphäre.

Mimi war eben wieder eingeschlummert, die alte
Mutter Poisson saß mit rothgeweinten Augen am Bett
des Kindes und scheuchte mit einem Baumzweig die
zudringlichen Fliegen ab, welche das Haupt des Kindes
umschwirrten.

Dennhardt war hinaus in den Garten gegangen,
um einen Strauß Blumen zu brechen.

Es war heute Mimi's Geburtstag, heute vor
sechs Jahren hatten ihre Augen zum ersten Mal das
freundliche Licht der Sonne erblickt.

Sonst war Mimi's Geburtstag immer als ein
hoher Festtag in dem kleinen Hause gefeiert worden;
Dennhardt hatte stets an diesem Tage die Nachbar=
kinder zu sich geladen und Mimi dabei mit liebens=

würdiger Gravität die Honneurs als Wirthin gemacht und die Kinder mit Kuchen, Chocolade, Obst, Apfel= wein und anderen Leckereien bewirthet.

Und heute nun! Welcher Unterschied zwischen heute und dem Geburtstage voriges Jahr!

Damals blühend wie eine Rose, dahin flatternd in dem buntfarbigen Gewand, dem gelben Strohhute mit Blumen und Rosabändern wie ein Schmetterling, und heute lag sie drinnen auf dem Krankenbette still und bleich wie eine geknickte Sommerblume, wie eine zarte Lilie, über welche der Sturm dahin gefahren ist.

Seit elf Tagen hatte die Kleine keine Blume gesehen, ihre liebsten Gespielinnen, die stillen, bunten Blumen, mit denen sie so lieblich und verständig plau= derte, als wären es beseelte Wesen, hatte sie entbehren müssen, weil der Arzt den Blumenduft für aufregend erklärt hatte.

Und seltsam! Die Kleine schien während dieser Tage der Krankheit ganz vergessen zu haben, daß es Blumen gab, sie hatte nicht ein einziges Mal danach verlangt, eben so wenig wie nach ihren Puppen, ihren

Bilderbüchern oder anderm Spielwerk. Ihren Geburts=
tag aber ohne Blumen vorübergehen zu lassen, Das
vermochte Dennhardt nicht übers Herz zu bringen.
Vielleicht wollte er sich auch, begreifliche Schwäche des
menschlichen Herzens, selbst täuschen, wenn auch nur
auf ein paar Augenblicke, und sich glauben machen,
er breche die Blumen zum Geburtstage der gesunden,
frohen Mimi, welche damit ihren kleinen Tisch schmücken
wolle, um die kleinen Genossinnen der Kaffeegesellschaft
festlich zu empfangen.

Es war ein großer prächtiger Strauß von Geor=
ginen, Rosen, Nelken, Astern und Reseda, den er ge=
pflückt, und bei jeder Blume, die er brach, erinnerte er
sich der kleinen Zwiegespräche, die Mimi in dem Garten
mit ihren stillen Blumenfreundinnen gehalten.

„Sieh, Papa," hatte sie dann gesagt, wenn ein
leichter Wind über die Beete hinsäuselte und die Blumen
ihre Häupter bewegten, „sieh, Papa, meine Blumen
antworten mir. Siehst Du nicht wie sie nicken und
flüstern?!"

Er kehrte in das Haus zurück und in demselben
Moment erwachte auch Mimi aus ihrem Halbschlum=
mer. Mit den Blumen in der Hand eilte der Vater dem
Kinde entgegen.

„Ei!" rief sie, die Hand nach den Blumen aus=
streckend, mit ihrer silberhellen Stimme, deren lieblicher
Klang sich während ihrer ganzen Krankheit nicht ver=
ändert hatte, „ei!" und wie ein heller goldener Freuden=
strahl flog es über ihr blasses, leidendes Gesichtchen.
Ihre matte, zitternde Hand vermochte die Blumen kaum
zu halten; aber ihr Auge glänzte von einem Feuer, das
zu schön, zu himmlisch war, um nicht zu verkünden,
daß die reine Kinderseele, welche in dieser lieblichen
Hülle gewohnt, sich schon ihrer Heimath wieder nahe
fühlte, ihrer himmlischen Heimath, aus der sie herabge=
stiegen auf die dunkle Erde, um eine kurze Spanne
Zeit darüber hinzuflattern und dann wieder zurückzu=
kehren in die Wohnungen des ewigen Lichts.

„Meine Mimi!" murmelte mit vor Thränen halb
erstickter Stimme der zur Seite des Bettes knieende
Vater.

„Mein Papa," flüsterte das Kind, mit der Linken die Blumen gegen ihr kleines matt schlagendes Herz drückend, während sie den rechten Arm mit müder Geberde um den Nacken ihres Vaters schlang, gerade so wie in früheren gesunden Tagen, wenn er die müde Kleine auf der Heimkehr von dem Spaziergange in seine Arme nahm.

Niemand war in dem Gemach, als der Flüchtling und sein Kind, sein sterbendes Kind.

„Papa," flüsterte die Kleine, nachdem sie eine Weile mit ihren in wunderbarem, verklärtem Glanze strahlenden Augen nach dem Fenster, welches nach der Gartenseite hin lag, geblickt, „Papa . . . siehst Du den schönen Engel dort am Fenster, ach . . . Papa . . . wie schön er sieht . . . viel, viel schöner als mein Weihnachts= engel . . . siehst Du . . . Papa . . . jetzt winkt er mir . . . ach! die vielen Engel . . . sie fliegen durch's Fenster . . . siehst Du? draußen im Garten."

Dennhardt's Herz wollte brechen, aber mit einer fast wunderbar zu nennenden Kraft, welche in den schmerzlichsten Augenblicken des Lebens aus einer

unsichtbaren Quelle uns zuzuströmen scheint, hielt er
sich aufrecht.

„Meine gute . . . liebe Mimi . . .“ murmelte er
und bedeckte die bleiche Stirn des Kindes mit seinen
Küssen.

„Ich will zu Hause gehen, Papa . . .“ und das
Kind blickte mit ihren glänzenden Augen wie in eine
weite, weite Ferne hinaus, an deren Ende sie ihre
Wohnung erblickte, gerade so, wie sie es zuweilen wohl
gethan, wenn sie mit ihrem Papa auf einem der Hügel
von Morbihan stand und weit, weit unten im Thale
das väterliche Haus mit dem kleinen Blumengarten
erblickte, „ich will zu Hause gehen . . . Papa . . .“
Das Köpfchen sank leise und matt auf das Kissen
zurück, die Blumen entfielen der kleinen erkaltenden
Hand, die schönen lieben Himmelsaugen öffneten sich
noch einmal, aber schon wie umflort von einem dunklen
Schleier, mit leiser ängstlicher Stimme rief sie:
„Papa . . . Papa . . .“ und schloß dann die Augen,
deren letzter brechender Blick die Gestalt ihres Vaters
gesucht, zum ewigen Schlummer.

Wartenburg. Ein kleines Kind.　　　9

Sanft und schmerzlos trat der Todesengel zu ihr; wie eine Flamme, die den letzten Tropfen Oel verzehrt, erlischt, langsam und still, so erlosch die Flamme dieses kurzen Blüthenlebens.

Die erkaltete Hand seines Kindes in der seinigen, das Haupt an der Schulter der kleinen Entschlafenen, stumm und regungslos kniete Dennhardt neben dem Sterbebette der kleinen Mimi.

Für den Schmerz eines Vater= und Mutterherzens in diesem Augenblick giebt es keine Worte der Schilderung; man müßte die Feder in Thränen und Herzblut tauchen.

. . . .

. . . .

Auf der Höhe der Düne, am Fuße eines kleinen Grabhügels, auf welchem sich ein einfaches Kreuz mit der Inschrift: „Hier ruhet mein Glück,“ erhob, saß am Abend eines düsteren Septembertages, wenige Wochen nach jenem Augustmorgen, an welchem die kleine Mimi ihren himmlischen Geburtstag feierte, ein Mann mit grauem Locken= und Barthaar und gram= durchfurchten Zügen. Es war der deutsche Flüchtling

Walther Dennhardt, der hier am Grabe seines Kindes
saß und hinüberstarrte auf das Meer, das sich vor
seinen Blicken ausbreitete, unendlich und grenzenlos
wie die Ewigkeit.

„Die Ewigkeit! Giebt es eine Ewigkeit?" frug
er sich, „eine Ewigkeit für das geschaffene Individuum,
für die Creatur, die mit Bewußtsein über die Erde
wanderte, bis das ewige, uralte Geheimniß des Todes
an sie herantrat und den Leib in Staub zerfallen ließ,
den Leib, die Wohnung eines ewigen, unzerstörbaren
Geistes, der nur die Hülle wechselt, oder welcher der
Mensch selbst ist, mit dessen Zerfall auch das ganze
Dasein endigt? O dieses Räthsel des Lebens! Wer es
lösen könnte, wer das Siegel von der Pforte nehmen
könnte, welche die Geheimnisse des Todes verbirgt!"

Aber wie er auch sann und sann, und grübelte
und grübelte, es war Alles eitel, Alles vergeblich —
kein Strahl des Lichtes in dieser Finsterniß, welche
die Schatten des Todes erzeugt hatten.

In früheren schönen Tagen, wo noch für ihn die
Quelle des Lebens in freudigem Sprudel hervorsprang,

9*

hatte Dennhardt oft im kleinen Kreise vertrauter
Freunde über diese Räthsel des Lebens gesprochen und
eine Lösung dieser Fragen, über welche Tausende im
Taumel der Alltäglichkeit hinweg schlüpfen, ohne je
darüber nachgedacht zu haben, gesucht, aber bei allem
Ernste seines Strebens nach Wahrheit hatten ihm diese
Räthsel der Schöpfung nie so sehr in der Seele gebrannt,
nie hatte er so sehr das Bedürfniß nach einer Lösung
empfunden, als seit dem Tage, an welchem der Finger
des Todes an seine Thür pochte und das Leben seiner
Mimi von ihm forderte.

Tod! Tod! Gab es einen wirklichen Tod, hatte
seine Mimi aufgehört zu sein, gab es für ihn keine
Hoffnung sein Kind einst in verklärter Gestalt wieder=
zufinden, dann war ihm die ganze Schöpfung eine
große Lüge, die Welt ein Todtenhaus, durch welches
ewig der bleiche Würgengel schreitet; dann war ihm
die Erschaffung der Menschheit die bitterste Ironie, der
grimmigste Hohn, die grausamste Ausgeburt eines
fluchwürdigen Zufalls der Natur.

In dem ganzen Dorfe war Niemand, mit welchem Dennhardt über den Zustand seiner Seele, über diese entsetzlichen Zweifel, welche ihn marterten, hätte sprechen können.

Der katholische Pfarrer des Orts stand ihm mit seinen streng auf den Dogmen der katholischen Kirche beruhenden Ansichten viel zu fern, als daß zwischen ihnen Anknüpfungs= oder nur Berührungspunkte hätten vorhanden sein können.

Dennhardt hatte bis jetzt von dem Christenthume nur die Moral in sich aufgenommen, die Glaubenslehre war ihm immer ein Gebiet gewesen, das ihm unbekannt und fremd erschien, eine terra incognita, deren Bedeutung er erst begriff, als das furchtbarste Verhängniß seines Lebens sich erfüllte, als ihm seine Mimi von der kalten Hand des Todes geraubt wurde. Mit einer fast wahnwitzigen Begier verschlang er alle Werke, welche sich auf jenes große Räthsel des Lebens, auf dieses uralte Geheimniß des Todes bezogen, jenes Geheimniß, an dessen Lösung die Menschheit schon seit Jahrtausenden arbeitet, und das sie niemals enthüllen

wird, deſſen Schleier von keiner ſterblichen Hand ge-
lüftet werden wird.

Und als er ſie alle geleſen, die Werke der Philo-
ſophen, von Ariſtoteles an bis herab zu Hegel, Strauß
und Feuerbach, da erkannte er, daß es eine unüber-
ſteigliche Grenze für die menſchliche Erkenntniß gebe,
daß das letzte Blatt im Buche des Lebens, das Blatt,
auf welchem die Geheimniſſe des Todes verzeichnet
ſtehen, mit einem Siegel geſchloſſen ſei, welches von
den Weltweiſen aller Jahrhunderte vergebens zu löſen
geſucht wurde.

Und dann lief er hinaus zum Grabe ſeines Kindes
auf der Düne, zu dem kleinen Grabe, für welches der
fanatiſche Prieſter keinen Platz innerhalb des Kirchhofs
hatte, weil es das Kind eines Proteſtanten, eines
Ketzers war, und ſetzte ſich an dem kleinen Raſenhügel
nieder und weinte heiße, blutige Thränen, und ſprach
mit ſeinem Kinde, mit ſeiner kleinen Mimi, der er
allerlei Schmeichelnamen gab, gleich als verſtehe ſie ihn.

Wenn dann der Wind vom Meer herüber wehte
und durch die Zweige des kleinen Tannenbaumes, wel-

chen er auf das Grab gepflanzt, strich, wenn die Aeste
und Zweige und die Blumenstengel der Astern sich
flüsternd bewegten, dann glaubte er, es sei die kleine
Mimi, welche ihm antwortete.

Der Gang nach dem kleinen Grabe, den er täglich gegen Sonnenuntergang antrat, mochte das Wetter
auch noch so stürmisch sein, war sein einziger Ausgang.
Weder in Vannes, noch in dem Dorfe ließ er sich sonst
sehen.

Der Doctor Godin, welcher ihn zuweilen besuchte,
forderte ihn vergebens auf, einmal mit nach Vannes
zu gehen, sich etwas zu zerstreuen und den Trübsinn
abzuschütteln, der ihn tagtäglich immer mehr gefan-
gen nahm.

„Lassen Sie mich, Doctor," gab er kopfschüttelnd
zur Antwort, „ich will Nichts mehr von der Welt da
draußen wissen . . . Sehen Sie, Doctor, wenn ich jetzt
unter die Leute komme, wie es mir neulich einmal
geschah, und es begegnen mir Eltern mit ihren Kindern, und wenn es der ärmste Hirt ist, dessen Hütte
die letzte im Dorfe, und seine Kinder springen vor ihm

her, barfuß und halbnackt, so fühle ich mich so bettel=
arm gegen den Mann, daß ich mich vor ihm hinter
dem nächsten Busch verstecken möchte. Es ist mir
Alles genommen mit dem Kinde, nur mein Körper
wandelt noch auf Erden, meine Seele aber ist bei
meiner Mimi."

Und wie er grau und alt geworden war in den
wenigen Wochen! Wie alle Frische des Lebens aus den
Zügen des noch so jungen Mannes weggewischt war,
wie das blonde Haar sich entfärbt hatte und so wirr
um sein Haupt flatterte!

Seine Beschäftigung hatte er ganz und gar auf=
gegeben. Er lebte von seinen Ersparnissen, die einst
seiner Mimi gehören sollten, einen Theil davon hatte
er zu einer Stiftung für arme Kinder des Dorfes ver=
wendet. So verging der Herbst, und der Winter kam
heran und überzog die grünen Berge von Morbihan
mit seinem weißen Schneegewand, und auch das kleine
Grab des kleinen deutschen Mädchens auf der Düne
von Morbihan überzog er mit dem Leichentuche der
hinsterbenden Natur.

Und wieder war der Weihnachtsabend da, jener heilige Abend, an welchem die Freude in tausend und aber tausend fröhliche Kinderseelen und glückliche Eltern= herzen einzieht. Den ganzen Tag über hatte Denn= hardt, zu Mutter Poisson's großer Verwunderung, in seinem Arbeitszimmer sich eingeschlossen und eine auf= fällige Geschäftigkeit gezeigt. Als aber der Abend her= einbrach, ein windstiller, reiner, klarer Winterabend, so ein echter Christabend mit Tausenden von funkeln= den Sternen am weiten Himmelsdome, da schlug Dennhardt seinen Mantel um die Schultern und wan= derte hinaus nach der Düne zu dem Grabe seiner kleinen Mimi.

Was sich da ereignete, haben die Bewohner des Dorfes nie so recht erfahren können; nur Vermuthun= gen und die Aussagen eines Hirten, der in später Stunde seine Heerde unweit der Düne vorüber trieb, dem aber der Schreck über den seltsamen Anblick die ruhige Beobachtung raubte, so wie einige andere sicht= bare Zeichen ließen auf den muthmaßlichen Zusammen= hang schließen.

„Als ich," so erzählte der Hirt, „spät am Abend mit meinen Ziegen und Schafen unweit der Düne vorbeizog, sah ich plötzlich an der Stelle, wo das Grab des kleinen deutschen Mädchens ist, helles strahlendes Licht ... Es war mir, als ob eine Unzahl Flammen aus der Erde aufstiegen und immer höher und höher wuchsen ... Und dann sah ich eine dunkle Gestalt mit flatterndem Haar und ausgebreiteten Armen, ein Buch in der Hand, neben dem Grabe stehen, und hörte seltsame, unverständliche Töne, die mir aber einen solchen Schreck in die Glieder jagten, daß ich entsetzt über den Spuk mit meiner Heerde in eiliger Flucht den Abhang hinab nach dem Dorfe zu sprang."

Als Dennhardt am Morgen des Weihnachtstages noch nicht wieder nach Hause zurückgekehrt war, lief Mutter Poisson zu dem Doctor Godin und theilte diesem ihre Besorgnisse mit. Dieser ging zum Maire und fuhr dann mit diesem nach dem Dünenhügel.

Beim Erblicken des kleinen Grabes stieg eine Thräne in des Arztes Auge. Der Anblick war ein traurigrührender. Der kleine Tannenbaum auf dem

Grabe war in einen schönen buntschimmernden Weih=
nachtsbaum verwandelt, an dem Nichts fehlte, weder
der Erzengel von Rauschgold, noch das Zuckerwerk,
noch die goldenen und silbernen Nüsse und Aepfel. Nur
die gelben Wachslichter waren bis auf den Stumpf
niedergebrannt. Es waren die Flammen gewesen, in
welchen die abergläubische Phantasie bretagnischer Hir=
ten böse Geister erblickt hatte. Am Fuße des Grabes,
das Haupt auf den kleinen Rasenhügel gestützt, lag
der deutsche Flüchtling, bleich und entseelt, aber mit
dem Ausdrucke eines tiefen Seelenfriedens, ja einer ge=
wissen Verklärung und freudigen Zuversicht in den
bleichen Zügen.

Seine erstarrte Hand hielt ein aufgeschlagenes
Buch; es war die Bibel. Tief bewegt beugte sich der
Arzt zu dem Entschlafenen nieder, um das Buch aus
der kalten Hand des Todten zu nehmen. Da traf sein
Blick auf die aufgeschlagene Stelle, auf welcher wohl
zuletzt das Auge des Entschlafenen geruht.

Es waren die Worte des Apostels:

„Siehe, ich sage euch ein Geheimniß: wir werden nicht Alle entschlafen, wir werden aber Alle verwandelt werden. Der Tod ist verschlungen in den Sieg."

„Er hat das Räthsel des Lebens gelöst," murmelte der Arzt, „er hat sein Kind wiedergefunden."

Noch am selbigen Tage begrub man den Flüchtling an der Seite seines Kindes, seinen letzten sehnlichsten Wunsch, den er häufig im Gespräch mit dem Doctor geäußert, erfüllend.

Jahre sind seit jenem Weihnachtsabend vorüber gegangen, aber noch heute sieht man die beiden Gräber auf der Höhe von Morbihan. Und wenn die Meereswogen heranbrausen zur Düne, und die Möven über die Grabhügel hinstreichen, und es in dem Tannenbaum rauscht und flüstert, und zufällig ein Hirt mit seiner Heerde vorüberzieht, dann ergreift er nicht mehr die Flucht, sondern er pflückt eine Blume und legt sie auf das Grab des kleinen deutschen Mädchens und ihres Vaters, die hier im fernen fremden Lande jene letzte Ruhestätte fanden, welche das Ziel aller irdischen Wanderung ist.

Die Mütter des Dorfes aber führen ihre Kinder
des Sonntags häufig zum Grabe der kleinen Mimi
und erzählen ihnen die Geschichte von dem schönen
kleinen Mädchen und von dem letzten Weihnachtsbaum,
den ihr Vater auf ihr Grab pflanzte. . . . . . .

. . . .

. . . .

Und Fanny? Vergebens hat sie als Gattin des
Vicomte von Grandlieu mehrere Jahre Europa nach
allen Richtungen durchstreift, um Mimi zu finden.

Sie hat die Hoffnung endlich aufgegeben und sich
mit ihrem Manne nach Paris zurückgezogen, wo sie.
trotzdem daß der Schmerz seine leserliche Schrift in
ihr schönes Antlitz gegraben, noch immer den Mittel=
punkt eines glänzenden Kreises bildet, der sich um sie
gesammelt.

Ob sie glücklich ist? Wir wagen es nicht zu glau=
ben, denn eine Mutter bleibt immer Mutter, und
mitten in dem Geräusch der Feste durchzuckt oft ein
stechender Schmerz ihr Herz und eine düstere Trauer
umflort ihre Stirn; sie bedeckt sich die Augen und zieht

sich in ihr Zimmer zurück, wo sie ihr Gemahl dann von Thränen überfluthet auffindet.

Ahnt sie vielleicht das Geschick ihres Kindes und des Mannes, der einst ihr Gatte war?

Wie dem auch sei, die Ruhe ist von ihr geflohen und sie würde vielleicht den Rest ihres Lebens dahingeben, wenn sie ihr Geschick wieder mit dem jener zwei Seelen vereinigen könnte, deren irdische Hüllen in jenen Gräbern auf der Düne von Morbihan ruhen.

Sie ruhen sanft! Und das Murmeln des Meeres ist ihr ewiges Schlummerlied!

Wien. Druck von Jacob & Holzhausen.